STEPHEN MITCHELL

DER PRINZ IM FROSCHPELZ

EIN MODERNES MÄRCHEN FÜR VERLIEBTE

Aus dem Amerikanischen von
Stefanie Schaeffler

Mosaik

Titel der Originalausgabe: The Frog Prince

Die amerikanische Originalausgabe erschien bei Harmony Books,
einem Unternehmen der Verlagsgruppe Random House

Übersetzung aus dem Amerikanischen: Stefanie Schaeffler
Redaktion: Gernot Geurtzen, Ivonne Domnick
Buchgestaltung: Christina Krutz Design, Riedlhütte
Umschlaggestaltung: Heinz Kraxenberger, München
Druck und Bindung: Clausen & Bosse, Leck
Printed in Germany
ISBN 3-576-11605-2

Für Vicki

Gärten der Fantasie mit echten Kröten darin …

Marianne Moore

KAPITEL I

MÄRCHENPRINZEN UND FRÖSCHE

Es gibt zwei Arten von Frauen: Die einen heiraten Märchenprinzen, die anderen Frösche. Aus Fröschen werden niemals Märchenprinzen, aber es ist eine anerkannte Tatsache, dass so mancher Märchenprinz sich, zu Anfang fast unbemerkt, im Verlauf einer stinknormalen Ehe schleichend in einen Frosch verwandelt. Eine Frau, die nach fünfundzwanzig Jahren immer noch an der Seite des Märchenprinzen erwacht, in den sie sich einst verliebt hat, kann sich jedenfalls glücklich schätzen.

Entropie – so nennen unsere Wissenschaftler das Phänomen der unaufhaltsamen Abwärtsbewegung allen Geschehens: Leben wird zu Tod, Ordnung zu Unordnung, Märchenprinzen werden zu Fröschen. Das ist der Lauf der Welt, sagen die Wissenschaftler, und die meisten von uns nicken zustimmend. Aber mögen die Gesetzmäßigkeiten der Physik auch denen einer normalen Ehe gleichen, so stimmen sie doch mit denen der menschlichen Seele überhaupt nicht überein. Physikalische Gesetze kennen keine Ausnahmen, während die Gesetzmäßigkeiten der Seele nur aus Ausnahmen bestehen. Und darum will ich Ihnen eine Liebesgeschichte der anderen Art erzählen, von einem Frosch, der zum Märchenprinzen wurde.

KAPITEL II

ES WAR EINMAL

Alles begann damit, dass ... Aber lassen Sie mich noch etwas weiter ausholen und vor dem eigentlichen Beginn beginnen. Es gibt da nämlich eine ganze Menge Hintergrundinformationen, die ich Ihnen nicht vorenthalten sollte, und es sind auch einige Erklärungen notwendig. So, wie diese Geschichte traditionell wiedergegeben wird (wir wollen das die Märchenfassung nennen), braucht man dafür sechseinhalb Minuten und landet sofort mitten im Geschehen bei der Prinzessin und ihrer goldenen Kugel. Außerdem handelt es sich um eine Erzählfassung für Kinder, die keiner Erklärung für das Außergewöhnliche bedürfen. Kinder verstehen ohnehin, dass ein *Es war einmal* sich nicht nur – ja nicht einmal in erster Linie – auf die Vergangenheit bezieht, sondern auf jene nicht fassbaren Bereiche der Gegenwart, diese Tiefen unserer Seele, die schon immer von Prinzen und Drachen, Zauberern und sprechenden Vögeln bevölkert wurden (alles sehr lebendige und mit übernatürlicher Kraft begabte Erscheinungen) und in denen es unwegsame Straßen, unlösbare Aufgaben und Happyends gibt.

Doch zuerst möchte ich Sie daran erinnern, dass in diesen alten Märchen bei weitem nicht alle Prinzessinnen schön sind. *Müssen* sie auch gar nicht sein, denn schließlich sind sie Prinzessinnen. Bei unserer Prinzessin aber handelte es sich tatsächlich um eine außerordentlich ansehnliche junge Frau. Was heißt hier ansehnlich? Nun, sogar die Märchenfassung, die sich normalerweise nicht lange bei irgendwelchen Details aufhält, gerät bei ihrer Beschreibung ins Schwärmen: Sie „war so schön", heißt es im *Froschkönig* der Brüder Grimm, „dass die Sonne selber, die doch so vieles gesehen hat, sich verwunderte, sooft sie ihr ins Gesicht schien." Das klingt ohne Zweifel wunderbar, aber wozu diese Übertreibung? Natürlich sah die Prinzessin bezaubernd aus; an gewissen Tagen, in manchen Gemütslagen, unter ganz besonderen Lichtverhältnissen hätte man sie sogar schön nennen können. Aber es gibt eine ganze Menge schöner junger Frauen auf diesem

Erdball, in allen Städten dieser Welt schlendern sie auf hohen Absätzen oder in Turnschuhen die Hauptstraßen entlang, und würde die Sonne ständig ihren Lauf unterbrechen, um jede von ihnen anzugaffen, wären unsere Tage und Nächte unbeschreiblich lang. Nein, Übertreibungen dieser Art unterlaufen dem Erzähler einer Geschichte nicht einfach so, sondern es gibt immer einen handfesten Grund dafür, und in diesem Fall mag er darin liegen, dass dem Erzähler der Märchenfassung der schwierige Charakter der Prinzessin Bauchschmerzen bereitet hat. Denn das Äußere eines Menschen spiegelt ja bekanntlich sein Inneres wieder, und es gibt für ein aufmerksames Auge keinen Charakterfehler, der sich nicht sogar bei atemberaubend schönen Menschen in den Gesichtszügen manifestieren würde, die uns dann längst nicht so stark beeindrucken können wie das Gesicht einer unscheinbaren jungen Frau mit einem Herzen voller Liebe.

Kurz gesagt: Die Prinzessin war stolz, sie war undankbar, und sie war dickköpfig. Aber davon wird zu gegebener Zeit noch die Rede sein.

Unsere Geschichte spielt in der Hochrenaissance, in einem der wohlhabenden kleinen Königreiche Frankreichs, deren Schlösser an Loire und Saône zu den Glanzpunkten europäischer Architektur zählen. „Französische Königreiche? Im Plural?“, fragen Sie sich jetzt vielleicht. Nun, die Frage liegt auf der Hand, und schon wieder muss ich eine Erklärung einschieben.

KAPITEL III

DER RISS AN DER OBERFLÄCHE DER WIRKLICHKEIT

Eindreiviertel Jahrhunderte vor dem Beginn unserer Geschichte, während der viel versprechenden Anfänge der Renaissance, als eine Geistesepoche des Westens gerade unterging und die nächste anbrach, bemerkten die weisesten Männer und Frauen in Europa an der Oberfläche der Wirklichkeit so etwas wie einen Haarriss. Risse dieser Art treten gewöhnlich eher im Leben eines einzelnen Menschen auf als in einer ganzen Kultur. Wenn eine Frau oder ein Mann eine tief greifende geistige Wandlung durchmacht, gibt es auf diesem Weg gewisse kritische Punkte, an denen das, was unvollständig ist, grundlegend erschüttert werden muss, um erst dann ein Ganzes werden zu können. An solchen Punkten brechen die verborgenen Kräfte und Krankheiten der Seele hervor und führen zu bizarren Erscheinungen, bei denen Dunkelheit und Licht verschwimmen und Wahn und Wunder kaum mehr zu unterscheiden sind.

Genau das war es, was in Europa in den Anfangsjahren der Renaissance geschah und was die weisen Frauen und Männer von damals so außerordentlich besorgt sein ließ. Schon hatten Reisende in Bergen und Wäldern die ersten Riesen gesichtet. In den verstaubten hinteren Vitrinen der Schmuckläden unbedeutender Provinzstädtchen tauchten auf einmal Ringe auf, mit denen man sich jeden Wunsch erfüllen konnte. Bauernsöhne pflanzten Bohnen, und niemand konnte vorhersagen, ob daraus ein ganz normaler Bohnenstock wachsen würde oder einer, dessen Spitze sich in die Wolken bohrte. Fischer holten ihren Fang ein, und manchmal zuckte ein Fisch stumm im Todeskampf, wie die Fische es immer getan hatten, manchmal aber richtete sich einer auf dem Schwanz auf und verkündete dem Fischer in sonorem Bühnenbariton, dass er drei Wünsche frei habe, wenn er ihn wieder aussetzte. Jäger verfolgten zu Pferde einen Hirsch oder Fuchs, und auf einmal machte das Tier Halt, drehte sich auf den Hinterbeinen um und sprach sie in gewandtestem Hochdeutsch an oder in elegantestem Französisch, das sogar ein Gelehrtenrat an der Sorbonne nicht nur goutiert, sondern lautstark beklatscht hätte. Auf einmal tauchten überall Tiere auf, die der Sprache mächtig waren: redende Hirsche, Füchse, Frösche, Flundern, Hasen, Igel, Salamander, Ziegen, Gänse, Mäuse, Ratten, Katzen, Hunde aller Rassen, Nachtigallen, Sperlinge, Eulen, Falken, Wölfe, Pferde (und zwar ganze wie auch in einem Fall nur ein abgetrennter Pferdekopf), Esel, Löwen, Bären und ausgewählte andere große Raubtiere, die bis dato stumm geblieben waren. Der Zauber war plötzlich allgegenwärtig, und die Dinge drohten völlig außer Kontrolle zu geraten.

Natürlich ist es völlig in Ordnung, wenn uns zur rechten Zeit in einem Traum oder einem anderen Randbereich der Wirklichkeit ein Hirsch oder Fuchs einen seltenen Rat erteilt. Aber wenn das, was sich innerhalb der Seele abspielt, nach außen in die tatsächlich vorhandene Welt drängt, kann das Leben sehr schwierig und manchmal außerordentlich beängstigend werden. Und wenn *Es war einmal* auf einmal von einer ganzen Kultur Besitz ergreift, wird die Sache wirklich riskant. In einer solchen Krise haben wir dann die ganze uns zur Verfügung stehende Weisheit bitter nötig.

Nachdem man also den Riss an der Oberfläche der Wirklichkeit bemerkt und einige Jahre lang beobachtet hatte, ging eine Gesandtschaft weiser Männer und Frauen zum König von Frankreich und zum deutschen König, um darum zu bitten – ja es geradezu zu fordern –, dass die jeweiligen Regierungen dezentralisiert werden sollten, wenigstens so lange, bis diese Krise vorüber wäre. Die Ausübung politischer Macht, sagten sie (und zitierten dabei aus dem Tao-Te-King, das hundert Jahre früher, zu Beginn des vierzehnten Jahrhunderts, von Marco Polo nach Europa gebracht worden war), bringe nämlich schwerwiegende Verantwortung mit sich, und wie bei der geistlichen Macht sei schon so mancher Ehrenmann dabei vom Wege abgekommen und habe sich tief im Dornengestrüpp persönlichen Ehrgeizes und kurzsichtiger Ideale verfangen. Die Wahrheit über Macht, so sagten sie, ist: Je mehr man davon erhält, desto größer ist die Verpflichtung, von ihr abzulassen. Der weise Staatsmann tut seine Pflicht und zieht sich dann zurück, im Bewusstsein, dass das Universum für immer außer Kontrolle geraten ist und jeder Versuch, die Ereignisse zu beeinflussen, dem Tao zuwiderläuft. Darum lässt er den Dingen ihren Lauf und verweilt lieber in der Mitte des Kreises, meinten sie.

Der König von Frankreich und der deutsche König waren vernünftige Männer. Ob sie einer Dezentralisierung nun *deswegen* zustimmten oder weil ihnen der Schreck über das unheimliche Geschehen bis in die königlichen Zehenspitzen gefahren war, wusste keiner. Tatsache ist jedenfalls, dass sie zustimmten und infolge ihrer Entscheidung überall in deutschen und französischen Landen einige Dutzend unabhängige Königreiche aus dem Boden schossen. Diese Situation bestand auch noch 175 Jahre später, nämlich zu Ende des 16. Jahrhunderts, und damit zu der Zeit, in der unsere Geschichte spielt. (Man schickte damals zwei aufeinander folgende Gesandtschaften los, deren Aufgabe es war, das Gedeihen geistiger Gesundheit in Europa zu fördern und einen Bericht über die Häufigkeit der Unerklärlichen Phänomene anzufertigen. Die zweite Delegation, der unter anderem Rabelais, Erasmus und die jugendliche Louise Labé angehörten, trat im Jahre 1536 zusammen, als sich das Zeitalter der Riesen gerade seinem Ende zuneigte. Und eine letzte Delegation, die dann die unabhängigen Königreiche in Frankreich abschaffen sollte, formierte sich 1606, kurz nach der Veröffentlichung des ersten Teils des *Don Quichotte*, als sich der Riss an der Oberfläche der Wirklichkeit unter Ächzen glücklicherweise wieder geschlossen hatte.)

KAPITEL IV

DAS LEBEN AM HOF

Unser königlicher Hof lag geschützt in einer der lieblichsten Regionen Frankreichs, einem Tal, durch das die Loire tiefblau in trägen Windungen fließt, durch Obstgärten, Wiesen und Felder, deren üppige Farbenpracht nur noch durch ihre überbordende Fruchtbarkeit übertroffen wird. Frankreich hat ja bekanntlich die Schönheit gepachtet, und ich muss mich davor hüten, in diesem Kapitel in eine allzu geschwollene Sprache zu verfallen.

Das Leben am Hof war äußerst angenehm. Der König und die Königin verbrachten ihre Tage damit, ihre Besitztümer zu verwalten, die Künste zu pflegen und sich der Armen anzunehmen. Im Schloss folgte alles dem gewohnten Zeremoniell, das durch die ständige Wiederholung nicht abgenutzt, sondern sogar noch verstärkt wurde: Die

Höflinge bewegten sich in würdevollen, fließenden Bewegungen, die den Pavanen, Galliarden und anderen höfischen Tänzen dieser Zeit entstammten. In der Luft lag der schmelzende Klang von Musik, für die ein Sinfonieorchester, ein Kammerorchester und drei unterschiedliche Streichtrios sorgten, die aber zusammengenommen auf der königlichen Gehaltsliste immer noch nur knapp die Hälfte des Etats für Musik ausmachten. Jedermann genoss die täglich stattfindenden Rituale, bei denen sogar dem niedrigsten Lakaien die Ehre einer fest vorgeschriebenen Rolle zuteil wurde – die formellen Morgen- und Abendaudienzen im Schlafgemach des Königs, die großen Staatsdiners, die Dichterlesungen, die abendlichen Mondscheinpicknicks auf dem Rasen, bei denen das Rascheln der Blätter das Echo zum Rascheln von Seide und Satin der Edeldamen lieferte. Jedermann schätzte die Freizügigkeit eines Hofes, der es dem Narren gestattete, so spitzzüngig und witzig zu sein, wie er wollte, ohne sich vor der Peitsche fürchten zu müssen, und an dem die Staatsminister so verliebt in ihre ausufernde Sprachprotzerei sein durften, dass sie sich manchmal sogar während einer politischen Rede dazu hinreißen ließen, in eine Art französischen Blankvers zu verfallen. Außerhalb des Hofes war das Leben fast genauso angenehm: Die Ernten waren üppig, und es gab zahlreiche Feiertage, an denen in den königlichen Picknickanlagen entlang des Flusses Speisen und Getränke umsonst an das Bauernvolk ausgegeben wurden. So erstaunt es eigentlich nicht, dass sogar die Sprache der Armen reich war an Wörtern, mit denen die Grade von Glück fein unterschieden werden konnten, Wörter wie *ausgelassen*, *heiter*, *frohsinnig*, *fidel* und *munter*, die in der Sprache unseres gemessenen Jahrhunderts längst in Vergessenheit geraten sind. Der einzige Schatten, der auf dieses so wohl gedeihende Königreich fiel, war die Sorge, die die Menschen ob der Unerklärlichen Phänomene verspürten. Zur allgemeinen Erleichterung hatten sie allmählich an Häufigkeit abgenommen, sodass man jetzt nur noch zwei bis drei Vorkommnisse pro Land und Jahrzehnt zu verzeichnen hatte. Der letzte Vorfall (an dem ein verhexter Vogel beteiligt war sowie eine böse Stiefmutter, die ihren kleinen Stiefsohn getötet, sein Fleisch gewürfelt, einen Eintopf daraus gekocht und ihn dem ahnungslosen Vater vorgesetzt hatte) ereignete sich fünf Jahre vor dem Beginn unserer Geschichte in einem Weiler nahe dem Lieblingsjagdhaus des Königs und war trotz seines glücklichen Ausgangs doch außerordentlich verstörend.

Der König, die Königin, alle Minister und Höflinge, ja sogar die Lakaien und der Hofnarr waren echte Männer und Frauen der Renaissance. Jeder und jede Einzelne besaß die unterschiedlichsten Fertigkeiten in allen erdenklichen Tätigkeiten des Menschen, und jeder und jede von ihnen wäre unserer Aufmerksamkeit würdig. Aber da alle Charaktere unserer Geschichte mit Ausnahme der Prinzessin und des Frosches nur Nebenrollen spielen, ist es kaum notwendig, die Verwicklungen ihres Lebens oder ihren persönlichen Hintergrund zu beschreiben. Welche Triumphe oder Niederlagen zum Beispiel den König während seiner langen Herrschaft zu einem musterhaft weisen Monarchen geformt hatten oder warum die Königin letztendlich darauf bestand, dass jedes der 87 Schlossgemächer in einem anderen Purpurton tapeziert werden sollte. Schließlich steht ja auch für das Erzählen einer Geschichte nur begrenzte Zeit zur Verfügung. Es ist zwar sicher wahr, dass alle Einzelerscheinungen im großen Netz des Daseins miteinander verwoben sind und man jeden einzelnen Ereignisstrang durch das Raum-Zeit-Gefüge des ganzen Universums hindurch verfolgen kann, sodass man an diesem Punkt ohne weiteres auf die Geschichte der Weisheit in China oder die der Schönheit in Frankreich kommen könnte, auf den Ursprung der Arten oder den der Wirklichkeit, das Tao der Staatsführung, die Topologie der Seele oder den geheimnisvollen Symbolismus der Farben. Aber es ist genauso wahr, dass man erst am Anfang einer Geschichte ankommen muss, bevor man sie erzählen kann.

Also: Es war einmal – eine Prinzessin ...

KAPITEL V
AM BRUNNEN

An einem kühlen Mainachmittag ist die Prinzessin in den Wald gegangen und sitzt auf dem steinernen Rand des Brunnens. Für eine Prinzessin leger gekleidet, trägt sie eines ihrer Lieblingsspaziergewänder: ein fuchsienrotes Samtmieder mit weiten Ärmeln, tiefem Ausschnitt und kleiner Halskrause, darunter ein eierschalenfarbenes Seidenhemd, dazu einen langen, waldgrünen Samtrock über drei gestärkten Petticoats (dafür aber keinen Reifrock). Ihr langes, schwarzes Haar ist heute unbedeckt, ungepudert und offen wie das einer Braut, es reicht ihr fast bis zur Taille hinab. Sie trägt kein Make-up, lediglich ein wenig Eyeliner um die dunkelbraunen Augen und einen zarten Hauch von Rouge auf den Alabasterwangen. Als Schmuck nur ein Paar kleiner goldener Ohrringe und ihre zweitbeste Krone aus hauchdünnem Goldgewirk, so filigran, dass man sie kaum wahrnimmt. In der rechten Hand hält sie ihre goldene Kugel, die so hell und schön strahlt wie sie selbst in ihrer Unabhängigkeit. Versonnen blickt die Prinzessin durch ihr verzerrtes Spiegelbild hindurch in die Tiefen der Kugel.

Da die Prinzessin früher als sonst unterwegs ist, ist der Frosch noch nicht an der Oberfläche erschienen, um zu sehen, ob sie schon da ist. Er sitzt im Schlamm am Brunnengrund und atmet durch die Haut. Seine Nasenlöcher sind geschlossen, und er ist in tiefe Meditation versunken. Das Wasser ist angenehm kühl. Nahe der Oberfläche hat sich ein kleiner Strudel gebildet; oder existiert er nur an der Oberfläche seines Froschbewusstseins? Der Frosch sitzt bewegungslos da, stumm bis auf ein gelegentliches zusammenhangsloses Quaken.

Weder er noch die Prinzessin haben auch nur die leiseste Ahnung, dass ihr Leben demnächst völlig über den Haufen geworfen werden soll.

Noch sind die Dinge in der Schwebe, und gespannt stehen wir am Dreh- und Angelpunkt dieser Geschichte, ja des Universums. Welch ein Vergnügen, hier zu stehen! Wie ich solche Anfänge doch liebe: den ersten Glanz der

Dämmerung, eine unberührte Seite, die Unvoreingenommenheit im Auge eines Kindes, all die schimmernden Momente, in denen das Leben nur aus unverfälschter Möglichkeit zu bestehen scheint und man alles – fast alles – tun würde, damit dieses Wunder nur anhält. „*Verweile doch! du bist so schön!*", hat Faust in anderem Zusammenhang zum Augenblick gesagt.

Aber die Prinzessin ist drauf und dran, ihre goldene Kugel fallen zu lassen, und folglich ist unsere Geschichte drauf und dran, ins Rollen zu kommen. Das ist der entscheidende Moment.

Also gut. Halten wir kurz inne und konzentrieren uns auf die rechte Hand der Prinzessin. Bis zu diesem Moment ruhte die goldene Kugel, während sie sie versonnen betrachtete, auf ihrer Handfläche, und der Griff ihrer Finger war weder zu locker noch zu fest. Jede Nervenfaser ihrer Hand war gespannt, der ganze Körper wachsam. Wie gesagt, bis zu diesem Moment. Denn jetzt auf einmal vergisst sich die Hand. Erschlafft. Die Finger öffnen sich. Die goldene Kugel wackelt, rollt einen Zentimeter nach hinten, einen nach vorn, hält einen Augenblick still, rollt dann über die Rampe der drei mittleren Finger hinab, passiert die Fingerspitzen und fällt einen halben Meter durch die Luft und in den Brunnen – mit einem lauten und entschiedenen Platschen.

Wie konnte das nur passieren?

Eine Sternschnuppe fällt vom Himmel, und wir wünschen uns etwas. Für uns sieht es so aus, als ob der Stern herabfiele. Aber für seine Bewohner bewegt sich der Stern weder auf noch ab, sondern steht fix an einem Himmel, an dem an einem Tag wie jeder andere alles seinen üblichen Lauf nimmt. Hinauf und hinunter sind schließlich relative Begriffe in der Welt der Physik, und in der Welt der Seele sind sie oft sogar ein und dasselbe. Was wir ein Desaster zu nennen versucht sind, ist ja manchmal nur das schmerzvolle Anfangsstadium einer segensreichen Erscheinung.

Außergewöhnlich begabte Personen können sogar mitten in der schwersten Seelenkrise erkennen, dass es eine höhere Instanz gibt, die unser Geschick bestimmt, ganz egal wie wir es uns ausmalen mögen. Und obwohl wir uns normalerweise an die gewohnte Tagesordnung klammern, obwohl wir doch zu wissen meinen, was gut für uns ist, und versuchen, es zu verwirklichen, ist doch das, was wir wollen, nicht notwendigerweise das, was wir tatsächlich brauchen. Irgendein Bewusstsein in uns weiß es besser. Und dieses Bewusstsein ist der Verursacher eines unübersehbaren Desasters.

Man kann diesen Sachverhalt auch anders benennen: Charakter ist Schicksal. Mögen wir als Persönlichkeiten auch leidenschaftlich gern im Käfig unserer alltäglichen Unzufriedenheit verharren, tritt doch manchmal der entscheidende Moment ein, in dem wir irgendwo im Unterbewusstsein gewillt sind zu sehen, wie die Welt in Stücke geht. In solchen Momenten ist ein Desaster genau das, was wir (unbewusst) herbeisehnen.

Die Prinzessin kommt zu sich. Ein kurzes Zittern durchläuft die Nerven ihrer leeren Hand. Sie sieht das Wasser spritzen und bricht in Tränen aus.

KAPITEL VI

DER VERLIEBTE FROSCH

Wie ich bereits erzählt habe, saß der Frosch am Grund des Brunnens. Was ich noch nicht erzählt habe: Er war verliebt. Wir haben es hier mit einem sehr nachdenklich veranlagten Frosch zu tun. Solange er denken konnte, hatte er den Großteil seines Lebens damit verbracht, seinem Atem nachzuspüren, während er im hohen Gras, unter der alten Linde oder im Schlamm am Brunnengrund saß. Natürlich musste er auch hin und wieder auf Beutefang gehen. Dann tauchte er auf und fing ein paar Dutzend Fliegen mit seiner Zunge, die er wie einen langen, biegsamen Pfeil mit klebriger Spitze aus seinem Mund herausschießen ließ. Von irgendwas musste man ja schließlich leben, und obwohl ihm das Töten kein Vergnügen bereitete, war er doch ein Tier unter Tieren. Aber so notwendig seine Jagdexpeditionen auch sein mochten, waren sie für ihn doch nur Ablenkung. Viel lieber spürte er seinem Atem nach und tauchte tief in die stillen Gewässer seiner gelassenen Heiterkeit hinab.

Drei Monate vor dem Beginn unserer Geschichte wurde diese fast ununterbrochen währende Gemütsruhe allerdings ... nun, *zerstört* würde zu gewaltsam klingen und wäre überdies auch ungenau. Diese Gemütsruhe war ja kein verspiegeltes Fenster, durch das das Leben einen großen Steinbrocken geschmettert hätte. Nein, sagen wir lieber *erschüttert*. Seine Gemütsruhe wurde erschüttert. In den Gewässern seiner Seele existierte auf einmal eine stete Quelle der Auf- und Erregung, der Sehnsucht. Er hatte die Prinzessin erblickt.

Warum das nicht schon früher geschehen war, darüber können wir nur spekulieren. Die Prinzessin kam schon seit vielen Jahren zum Brunnen. Der Frosch lebte dort, solange er denken konnte. Es stimmt zwar, dass er gewöhnlich nur nachts auftauchte, aber es hatte doch zahlreiche Nachmittagsstunden gegeben, in denen er grübelnd auf dem Brunnenrand oder unter der Linde saß, bewegungslos bis auf ein gelegentliches Vorschnellen seiner Zunge. War die Prinzessin immer nur hierher gekommen, wenn er sich unter Wasser befand? Oder war er immer so versunken gewesen, dass er sie einfach nicht bemerkt hatte?

Diesmal jedenfalls bemerkte er sie. Es war, als wäre ein Strom von Energie in seine Augen geschossen und hätte seinen ganzen Körper elektrisiert. Eine starke körperliche Empfindung, aber der Schock selbst war kein physischer. Es war vielmehr der Schock der Erkenntnis. Denn auf einmal wusste er, und da war kein Zweifel möglich, dass er und die Prinzessin füreinander bestimmt waren.

Es hatte nichts damit zu tun, dass die Prinzessin schön war. Viele Dinge waren schön. Das Licht war schön und der Schlamm, das sanft wogende Gras und der Himmel an einem wolkenverhangenen Tag, die schnellen grüngolden schimmernden Fliegen, die an einem Sommernachmittag summend und brummend seinen schläfrigen Blick durchkreuzten, die im Schatten liegende Unterseite eines Blattes, das oben auf dem Brunnen schwamm, und natürlich das Wasser selbst: Wasser war vielleicht das Schönste überhaupt. Es war nicht die Schönheit der Prinzessin, die ihn so tief berührte. Es war etwas anderes an oder in ihr, oder vielleicht nicht einmal in ihr, sondern in dem spannungsgeladenen Raum zwischen ihr und ihm. Was immer es auch sein mochte, es erweckte in ihm das Verlangen, ihr näher zu kommen. Ein Frosch und eine Frau? Ein Frosch und eine *Prinzessin* gar? Wie unnatürlich dieses Bedürfnis, ihr nahe zu sein, doch war! Er hatte keine Ahnung, wie er sich ihr nähern sollte. Aber irgendwie, das wusste er, würden sie zusammenkommen, *mussten* sie einfach zusammenkommen, in einer Verbundenheit, die tiefer sein sollte, als er je getaucht war.

In den nächsten drei Monaten brachte der Frosch viele Stunden damit zu, darüber nachzusinnen, was es bedeutete, so grenzenlos und über alle Vernunft hinaus verliebt zu sein. Und viele, viele Stunden verbrachte er damit, die Prinzessin anzusehen, wie sie da am Brunnen saß – ein unbeobachteter Beobachter: zwei große Augen, dunkel vor Verlangen, die wie Periskope das Wasser durchdrangen.

KAPITEL VII

DER BLICK VOM GRUND AUS

In tiefes Grübeln versunken, saß der Frosch am Grund des Brunnens. Später, als er Zeit hatte, die Ereignisse des Tages noch einmal zu überdenken, war ihm, als wäre das Platschen mit der Präzision einer Silberstiftzeichnung jedem seiner Sinne gleichzeitig eingeprägt worden. Es war ein perfekter Augenblick gewesen, gleich einem erlesenen kleinen Gedicht:

Alter Brunnen,
Ding fällt rein –
das Geräusch des Wassers.

Nur dieses eine Geräusch im ganzen Universum.

Natürlich hatte er zu Anfang keine Ahnung, dass das „Ding“ eine goldene Kugel war. Aufgescheucht blickte er nach oben. Irgendetwas hatte die trübe, in Sonnenlicht getauchte Wasseroberfläche durchdrungen: ein vager Schemen, viel größer als eine Fliege, aber bei all dem Wassergestrudel konnte er nicht sagen, wie groß. Den Bruchteil einer Sekunde später nahm er einen schimmernden Bogen wahr: Es war rund, dieses Ding, es glänzte und stürzte durch das Brodeln der Wellen und Luftblasen hinab, es war golden und es war kugelförmig, es war eine goldene Kugel, es war die Goldkugel der *Prinzessin*, die da durch das aufgewühlte Wasser direkt auf ihn zusank. Er sah nur kurz hin und machte einen großen Satz. Die Kugel bohrte sich bis zur Hälfte in den Schlamm.

Als die Schlammwolken sich wieder gelegt hatten, betrachtete der Frosch die Kugel. Sie lag so da, dass man den Spalt rundherum sehen konnte, an dem die beiden Hälften aufeinander stießen, und den kleinen goldenen Verschluss. Dann wurde seine Aufmerksamkeit durch ein Geräusch wieder nach oben gelenkt. Irgendjemand schluchzte da.

Aber ich gehe zu schnell voran, da ich wieder in menschlichen Zeitdimensionen denke. Froschzeit schreitet bedeutend langsamer voran, und Augenblicke, die wir kaum wahrnehmen, wenn sie vorbeizischen, sind für einen Frosch doch vollgepackt mit Erfahrungen. Das ist wie bei ... Wie war doch gleich der Name dieses Baseballspielers?

Sie wissen schon: der, der in den späten Sechzigerjahren ein Spitzenspiel hinlegte, als er auf LSD war. Er sagte später, sein Bewusstsein sei so geschärft gewesen, dass ihm jeder Augenblick endlos erschien und er wie in unendlich verlangsamter Zeitlupe ausholen und werfen konnte, so als hätte er alle Zeit der Welt.

Obwohl er noch nie jemanden schluchzen gehört hatte, wusste der Frosch instinktiv, dass das Schluchzen von einem Menschen kam. Die Geräusche des Waldes, die er so gut kannte, stammten von Geschöpfen, denen Trauer fremd war. Am nächsten kam wohl noch das Heulen der Wölfe, doch war es nicht die Stimme der Trauer, sondern die der Einsamkeit, die sich darin Luft machte und aus Freude über sich selbst frohlockte. Aber nein, so etwas wie dieses Menschenweinen hatte er noch nie gehört.

Während er so horchte, konnte er fühlen, wie er sich öffnete und diesem Kummer zuwandte wie eine Blüte dem Sonnenlicht. Er war gerührt bis in die Tiefe seines tierischen Herzens. Nicht überwältigt: Der Schmerz war ja nicht Teil seiner selbst. Aber irgendwie konnte er ihn greifen, sich hineinversetzen, ihn als Jahreszeit seiner eigenen inneren Landschaft erkennen, wenn das Wasser sehr kalt wird, man seine Atmung fast einstellt und das Leben unendlich langsam dahinschleicht, weil man nur so weiter bestehen kann.

Noch war dem Frosch nicht bewusst, dass das Schluchzen von einer Frau stammte. Das ist eine wichtige Feststellung. Die Zeitabfolge gestaltete sich nicht so, dass er zuerst die Stimme der Prinzessin erkannt hätte und, nur weil er in sie verliebt war, so tief berührt wurde. Diese Art von persönlicher Sympathie, wenn auch bewundernswert bei einem Frosch und noch mehr bei einem Menschen, wäre doch eine eingeschränktere Art der Anteilnahme gewesen als das spontane, auf niemand Bestimmten gerichtete, unverfälschte Mitgefühl, das in ihm aufkeimte, noch bevor er die Stimme der Prinzessin erkannte.

Während sein Herz also mit einem Beben reagierte, stieß er sich mit den Beinen vom Grund des Brunnens ab. Vielleicht konnte er ja irgendwie behilflich sein.

KAPITEL VIII

DER FROSCH ERSCHEINT

Der Frosch schwimmt nunmehr Wasser tretend oben im Brunnen umher. Er sieht die Prinzessin an. Seine Augen sind dunkel vor Liebe. Sein Herz bebt. Er öffnet den Mund, um zu sprechen. Die Märchenfassung gibt dieses Ereignis folgendermaßen wieder: „Und wie sie so klagte, rief ihr jemand zu: ‚Was hast du, Königstochter, du schreist ja, dass sich ein Stein erbarmen möchte.' Sie sah sich um, woher die Stimme käme, da erblickte sie einen Frosch, der seinen dicken, hässlichen Kopf aus dem Wasser streckte."

Ist dieser Bericht wirklichkeitsgetreu? Ja. Gibt er die Rede des Frosches wörtlich wieder? Ja. War die erste Reaktion der Prinzessin wirklich Ekel? Hm ... Ja und nein.

Offensichtlich handelte es sich hier nicht unbedingt um Liebe auf den ersten Blick. Die Prinzessin hatte einen

– sogar für eine Französin – äußerst gut ausgeprägten Schönheitssinn und war entsprechend empfindlich, was das Gegenteil betraf. Hässlichkeit ließ sie zurückschrecken; sie verursachte ihr beinahe körperliche Schmerzen. Sie drang in ihre Augen, wie ein schlechter Geruch einem in die Nase steigt. Und zu ihrer Verteidigung muss ja auch bekannt werden, dass man Frösche, diese „amphibischen Zwerge" (um mit den Worten eines modernen französischen Dichters zu sprechen) mit ihren Glupschaugen und halslosen Köpfen, ihren kümmerlichen Ärmchen und fetten, feuchtkalten, weißen Bäuchen, im Gegensatz zu Gazellen oder Katzen nicht gerade einen Ausbund von Anmut innerhalb des Tierreichs nennen kann. Außerdem hatte die Prinzessin auch kaum Erfahrung im Umgang mit Fröschen. Gelegentlich war ihr einer aufgefallen, der durchs Gras hüpfte, wenn sie im Wald spazieren ging oder am Brunnen saß (doch war es nie unser Frosch gewesen). Wirklich vertraut waren sie ihr nur in der Form von Froschschenkeln, in Butter und Knoblauch gebraten, schwach mit Pfeffer gewürzt und mehrere Male die Woche auf einer goldenen Platte serviert, je nach Gutdünken des Küchenmeisters als zweites oder drittes Horsd'œuvre.

Also ja: Sie schrak zuerst mit einem Gefühl körperlichen Ekels vor dem Frosch zurück. Doch gleichzeitig faszinierte er sie. Noch nie war sie einem sprechenden Tier von Angesicht zu Angesicht begegnet, wenngleich sie all die Geschichten darüber gehört und auch die Versammlungen des Staatsrats besucht hatte, wenn dieser zusammentrat, um das Problem der Unerklärlichen Phänomene zu diskutieren. Aber während ihre Eltern und der Rest des Königreichs sich davor fürchteten, dass ein neuer Zwischenfall sich ereignen könnte, wurde ihr Interesse dadurch eher angestachelt. Wenn sie so versunken am Brunnen saß, hatte sie sich gelegentlich sogar ausgemalt, was sie sagen würde, wenn plötzlich ein gigantischer Sechzehnender oder ein Adler mit stechendem Blick das Wort an sie richtete.

Doch gab es da auch noch ein anderes Gefühl, das in ihr neben dem Ekel und der Neugier hochstieg, ein Gefühl, das sogar noch stärker war als die beiden anderen, wenn sie sich dessen in diesem Moment auch noch nicht bewusst war. Erst als sie sich den Vorfall viel später noch einmal vor Augen rief, wurde ihr bewusst, wie stark es gewesen war. Man muss sich klar machen, dass sie sich zum ersten Mal in ihrem Erwachsenenleben überhaupt in einem Zustand äußerster Verletzbarkeit befand. Sie war von Kummer übermannt gewesen, ihr Schluchzen war plötzlich durch einen Anblick großer Hässlichkeit unterbrochen worden, und sie fand sich Auge in Auge mit einem Tier, das die Sprache von Ronsard und du Bellay im reinsten Akzent von Tours sprach. Es war nicht einmal der Klang seiner Stimme – irgendwo zwischen einem hellen Bariton und einem dunklen Tenor –, der sie so tief ergriffen hatte, sondern etwas, das dahinter hervorschien: eine besondere Art der Zärtlichkeit. Sie war es gewohnt, bewundert, ja angehimmelt zu werden. Von mitfühlenden Froschaugen angeblickt zu werden, war jedoch eine verwirrende Erfahrung.

Im Strudel ihrer Gefühle überwogen noch immer der Schmerz und eine vage Trauer über den Verlust ihrer Unabhängigkeit. Aber tiefer unten, in ihrem Unterbewusstsein, im dunklen und fruchtbaren Erdreich ihres Herzens, hatte sich gleich einem Senfkorn die Liebe eingenistet.

KAPITEL IX

DAS ANGEBOT

„Ach Frosch“, sagte die Prinzessin und schniefte, „liebenswürdig, dass du nachfragst. Aber du würdest das sicherlich nicht verstehen.“

„Das kann sein“, sagte der Frosch mit seiner sanften und melodiösen Stimme. „Aber vielleicht kann ich ja trotzdem behilflich sein.“

„Tja, das wäre schön“, sagte die Prinzessin. „Es sieht nämlich ziemlich hoffnungslos aus.“ Sie schniefte noch einmal und wischte sich die Tränen aus den Augen. Der Eyeliner hinterließ leichte Schmierspuren auf ihrem Handgelenk.

„Einen Augenblick bitte“, sagte der Frosch. Er kletterte aus dem Wasser, hüpfte ins Gras und dann zu einem großen Ahornbaum hinüber. Er nahm ein Blatt ins Maul, hüpfte zurück zum Brunnen und war mit einem Sprung wieder auf dem steinernen Rand. „Bippe“, sagte er mit dem Blatt im Maul und streckte es der Prinzessin hin. „Damip gampf du dir die Mase pupfen. Ich mach die Augen pfu.“

Es war ein großes Ahornblatt, schon ein wenig verdorrt und eigentlich kein guter Ersatz für ein Taschentuch, hätte die Prinzessin ihres tatsächlich vergessen gehabt. Gerührt über seine Geste lächelte sie.

„Danke schön, Frosch“, meinte sie. „Ich habe da etwas Besseres, aber trotzdem danke. Vielleicht machst du wirklich die Augen zu.“ Sie zog ein besticktes Taschentuch aus feinem Batist aus ihrem Täschchen, trocknete damit ihre Tränen und schnäuzte sich, so vornehm es nur ging. „Fertig. Du kannst die Augen wieder aufmachen.“

Der Frosch blinzelte. „Wie geht es euch jetzt, Euer Hoheit?“

„Ach, schon ein ganz klein wenig besser. Aber nicht viel. Übrigens musst du mich nicht mit ‚Euer Hoheit‘ ansprechen, ja? Wir sind schließlich nicht bei Hofe, sondern im Wald.“

„Wie es beliebt, Euer ...“, antwortete der Frosch. Ein

kurzes Schweigen folgte. „Aber wenn du mir erzählen möchtest, was dich so traurig gemacht hat, würde ich dir gerne zuhören, auch wenn ich es vielleicht nicht verstehe." Er saß nicht einmal einen halben Meter von der Prinzessin entfernt und sah sie mit leicht schief gelegtem Kopf tief besorgt von unten herauf an.

„Aber was hätten wir davon?", wandte die Prinzessin ein. „Wie könntest du mir schon helfen?" Im Winkel ihres linken Auges bildete sich erneut eine Träne, schimmerte dort einen Moment lang und rollte ihr schließlich die Wange hinunter.

„Das weiß ich wirklich nicht", sagte der Frosch. „Ich weiß nur, dass ich gerne helfen *möchte.* Warum erzählst du nicht einfach, und dann werden wir schon sehen?"

„Du bist nicht zufällig ein verzauberter Frosch?", fragte die Prinzessin. Ihre Miene hellte sich auf. „Hast du mir irgendetwas mitgebracht? Habe ich vielleicht drei Wünsche frei?"

„Ach nein, leider. Ich bin kein solches Tier. Ich habe nur mich selbst mitgebracht."

„Hab ich nicht einmal einen Wunsch frei?"

„Nein, keinen einzigen."

„Tja, dann", seufzte die Prinzessin, „dann werde ich meine goldene Kugel wohl nie wieder sehen."

„Deine goldene Kugel?"

„Ja. Ich habe meine goldene Kugel in den Brunnen fallen lassen. Sehr ungeschickt von mir. Ich weiß gar nicht, wie das passieren konnte." Bei ihrem letzten Satz und der Erinnerung an das Platschen brach die Prinzessin fast wieder in Tränen aus. Nur mit großer Mühe fing sie sich wieder.

„Ich habe deine Kugel gesehen", sagte der Frosch, nicht ganz ohne Hintergedanken. „Sie ist wunderschön. Aber kannst du dir nicht eine neue kaufen, oder kann dir Seine Majestät, dein Vater, nicht eine neue machen lassen?"

„Das wäre aber nicht *meine* goldene Kugel. Ich hatte sie immer bei mir. Es ist, als hätte ich ein Stück von mir verloren."

„Bedeutet sie dir wirklich so viel?"

„Sie bedeutet Freiheit für mich. Sie bedeutet einfach alles für mich."

„Das tut mir schrecklich Leid. Dann ist sie also durch nichts zu ersetzen?"

„Durch gar nichts."

„Wenn das so ist, werde ich sie finden“, sagte der Frosch. „Ich werde sie dir wiederbringen“.

Die Prinzessin schwieg. Abwesend blickte sie vor sich hin ins Leere.

„Prinzessin! Prinzessin, hast du gehört?“

Die Prinzessin wandte sich wieder dem Frosch zu und lächelte matt. „Verzeih“, sagte sie. „Ich hab gerade nicht aufgepasst. Hast du etwas gesagt?“

„Ich habe gesagt, dass ich dir deine goldene Kugel wiederbringen werde.“

„Das ist sehr liebenswürdig von dir.“

„Aber ich meine es wirklich so! Ich werde es tun! Alles würde ich für dich tun. Weil ich dich nämlich liebe.“

Einen Moment lang verschlug es der Prinzessin vor Erstaunen die Sprache. Dann fing sie an zu lachen. Ihr Gelächter war so lebhaft und silberhell, dass es durch den ganzen Wald schallte.

Der Frosch blickte in den Brunnen. Ein Froschgesicht starrte ihm daraus entgegen. Es sah breit und hässlich aus – und traurig.

KAPITEL X

DIE PRÜFUNG MIT DEN DREI KUGELN

Aber warum, fragen Sie sich vielleicht, war die goldene Kugel für die Prinzessin so außerordentlich wichtig? Was ließ sie annehmen, sie hätte mit der Kugel ihre Freiheit verloren? Um das zu verstehen, muss man ein bisschen darüber wissen, wie die Prinzessin aufwuchs.

Eine moderne Prinzessin – eine englische zum Beispiel oder eine monegassische – dient dazu, die Fantasie des Volkes zu bereichern. Als Folge davon erhält sie die Art von Erziehung, die man einem besonders prächtigen Papiermaché-Engel zukommen lassen würde, bevor man ihn an der Spitze des Weihnachtsbaums befestigt. Diese Erziehung zielt hauptsächlich darauf ab, dass sie eine Meisterin im Hübsch-Aussehen und Sich-gerade-Halten wird. Und welche Vorzüge unser Jahrhundert auch immer haben mag, für Prinzessinnen ist es auf jeden Fall nicht die angenehmste Zeit.

In der Renaissance lagen die Dinge anders. Intelligenz zählte damals zu den wichtigsten Werten. In fast jeder Schicht des sozialen Gefüges diente Erziehung dazu, echte Liebhaber hervorzubringen – Menschen, die Qualität über alles schätzten. Ein echter Gentleman oder eine Dame mussten ein Mindestmaß an Fertigkeit in den verschiedensten Künsten aufweisen. Man hielt dies für den besten Weg, die Annehmlichkeiten des Lebens richtig schätzen und der Schönheit des Lebens überhaupt die angemessene Ehre erweisen zu können. Vielseitig gebildet zu sein hieß jedoch nicht etwa, die eigenen Vorzüge herauszustreichen und so gleichsam das Spiegelbild eines Lächelns in einem auf Hochglanz polierten Teelöffel zu werden. Intelligenz ging Hand in Hand mit einer unverwechselbaren Persönlichkeit, obwohl sehr ausgeprägte Ansichten einen nach damaliger Sicht noch lange nicht berechtigten, andere Menschen damit zu belästigen. Wenn der Verstand ein Florett war, so war die Höflichkeit der Knopf an der Spitze der Klinge.

Die Prinzessin war von einigen der bedeutendsten

Gelehrten in Frankreich unterrichtet worden. Im Alter von einundzwanzig Jahren verstand sie sich meisterhaft auf die Künste der Poesie, Mathematik, Geschichte, Philosophie, Architektur, Rhetorik, des Singens, Tanzens, Reitens, Zeichnens und Bogenschießens, der Astronomie, der Konversation und – auf die Kunst des Enttäuschens. Sie sprach fließend Italienisch, Spanisch, Deutsch, Chinesisch und Hochlatein (obwohl ihr Stil vielleicht eine Spur zu ciceronianisch war). Ihr Griechisch war so makellos, dass eine schlagfertige Replik aus ihrem Munde einst einen blasierten, Aristoteles zitierenden Botschafter des Herzogs von Athen zum Verstummen gebracht hatte.

Der König und die Königin sonnten sich im Ruf ihrer Tochter als einer der gebildetsten Prinzessinnen in Europa. Sorgen machten sie sich lediglich über ihre zunehmende Unabhängigkeit, die sich in einer ausgesprochenen Einsamkeitsliebe äußerte. Mit zunehmendem Alter war sie immer weniger bereit, an den fortwährenden Lustbarkeiten des Hoflebens teilzunehmen. Mit höflich, aber doch bestimmt vorgebrachten Entschuldigungen entzog sie sich zunehmend den Veranstaltungen am Hofe – mochten das nun Theateraufführungen, Reden oder Pflanzenexkursionen sein – und machte sich alleine zu Fuß oder zu Pferd auf den Weg. Manchmal verbrachte sie ganze Nachmittage an ihrem Geheimplatz bei dem aufgelassenen Brunnen, der im Wald östlich des Schlosses lag. Je öfter der König sie an ihre politischen Verpflichtungen erinnerte, desto öfter antwortete sie ihm mit dem Zitat ihrer Lieblingsstelle von Tschuang-Tse, die er ihr das erste Mal erzählt hatte, als sie noch ein unbeschwertes kleines Mädchen von neun Jahren war:

> Tschuang-Tse fischte einst im Fluss Pu. Da kamen zwei Boten vom König von Chu und sagten zu ihm: „Der König möchte, dass du in die Hauptstadt kommst und ihm dort als oberster Minister dienst." Tschuang-Tse aber entgegnete: „Ich habe gehört, dass es in Chu eine heilige Schildkröte gibt, die vor dreitausend Jahren starb. Der König bewahrt ihren Panzer, in Seide gehüllt, in einem goldenen Schrein im heiligsten seiner Tempel auf. Wenn ihr nun diese Schildkröte wärt, würdet ihr dann lieber auf diese Weise verehrt werden oder wieder lebendig sein und im Schlamm umherkriechen?" Die Boten antworteten darauf: „Letzteres

natürlich.“ Tschuang-Tse aber sagte: „Bestellt Seiner Majestät meine Verehrung und sagt ihm, dass ich hier, da ich im Schlamm umherkrieche, glücklich bin.“

Und so teilte die Prinzessin ihrem Vater mit freundlichem Nachdruck mit, sie habe ihrer Überzeugung nach überhaupt keine Verpflichtung, einmal sein Königreich zu regieren – und jedes andere Königreich im Übrigen auch nicht. Sie sei sich noch nicht im Klaren darüber, was sie mit ihrem Leben anfangen solle, meinte sie, aber Gesetze zu erlassen und Besitztümer zu verwalten, gute Taten zu belohnen und schlechte zu bestrafen, scheine ihr doch eine ziemlich langweilige und fantasielose Art zu sein, ihre Zeit und Energie zu verschwenden. Und was das stete Theater um die Ästhetik am Hof betraf, die ganze Bewunderung vonseiten der Menschen, in deren Interesse es liegen musste, sie zu bewundern, die öffentliche Zurschaustellung ihrer Talente in einer Gesellschaft, in der sie notwendigerweise als das Vorbild schlechthin angesehen wurde – also es gab Momente, da fühlte sich dieses Leben nach ihrem Geschmack so fad an, dass sie liebend gern (wenigstens für ein Stündchen oder so) mit dem schmuddeligsten und ungebildetsten Pferdeknecht aus den königlichen Stallungen getauscht hätte.

Auch von dem, was man heute unter romantischer Liebe versteht, hielt die Prinzessin wenig. Sie hatte schon zu viel von ihr und ihren traurigen Auswirkungen unter den adligen Damen und Herren gesehen, um noch an den Wert der Liebe als Wegweiser im unerforschten Gelände menschlichen Glücklichseins zu glauben. Es begann damit, so wusste sie aus den Erzählungen ihrer Hofdamen, dass einem der Atem stockte und man einen Stich in den Lenden verspürte, ging dann weiter mit Seufzern, Lächeln, Wimperngeklimper, Mondscheinserenaden, zerknitterten Liebesbriefchen, petrarkischen Sonetten, Rendezvous im Unterholz, Idealisierungen, die Plato wie den letzten Krämer aussehen ließen, und der Selbstversunkenheit befriedigten Verlangens und endete schließlich, wenn das grelle Licht der Realität heraufzog. So viele Male hatte sie den Lauf romantischer Liebe von der ersten Vergiftung bis hin zum Elend mit ansehen müssen. Das konnte einfach nicht der Weg zum Herzensfrieden sein. Es wäre doch viel weiser, so dachte sie, sein Glück dem Zufall anzuvertrauen. Natürlich nicht dem bloßen Zufall allein, sondern einem Zufall in Kombination mit einer kleinen Prise weisen psychologischen Gespürs.

Als die Prinzessin sechzehn Jahre alt wurde und der König und die Königin darauf bestanden, dass sie pro Jahr wenigstens einen der zahlreichen Bewerber um ihre Hand empfing, hatte sie sich deswegen die Prüfung mit den drei Kugeln einfallen lassen. Die Regeln waren denkbar einfach. Zuerst musste der Freier einen feierlichen Eid ablegen, niemals und nicht einmal seinem allerbesten Freund ein Sterbenswörtchen über die ganze Prozedur zu verraten. Wenn er die Prüfung bestand, würde die Prinzessin ihn heiraten. Bestand er sie jedoch nicht, musste er für die nächsten drei Jahre jeglicher weiblichen Gesellschaft entsagen. Durch letztere Bedingung gelang es, die lange Liste der Könige, Prinzen, Herzöge, Marquis und Fürsten, die um die Hand der Prinzessin anhielten, etwas auszudünnen. Aber es blieben noch genug übrig, und sie kamen aus jedem Winkel Frankreichs. Auch die Prüfung selbst hätte kaum einfacher sein können. Ein Freier betrat das Empfangsgemach der Prinzessin und wurde von einer ihrer Hofdamen zu einem langen Mahagonitisch geleitet. Dort lagen in einer Reihe drei hohle Kugeln von etwa zehn Zentimetern Durchmesser, die mit Hilfe von Scharnieren geöffnet werden konnten: eine goldene Kugel, eine silberne Kugel und eine aus Blei. Eine dieser Kugeln, so sagte man ihm, barg das Porträt der Prinzessin (eine berückend lebensnahe Miniatur von Caravaggio); die beiden anderen dagegen enthielten nichts als Luft. Dann gab man ihm drei Minuten Zeit, um seine Wahl zu treffen.

Die Prinzessin genoss die drei Minuten währende Tortur jedes Mal. Hätte die Prüfung an irgendeinem anderen Ort Europas stattgefunden, so wäre ihr Ausgang weit unsicherer gewesen, so viel war ihr klar. Dann wäre wohl zu befürchten gewesen, dass einer der schneidigen Edelmänner die goldene Kugel gewählt hätte, ihren Talisman und den Garanten ihrer Unabhängigkeit – und hätte sich der Dunstschleier der romantischen Liebe erst einmal verflüchtigt, wäre sie zu einem Leben voller Verpflichtung und Langeweile verdammt gewesen. Aber das hier war Frankreich, das Land der intellektuellen Subtilität, und das galt für alle seine Königtümer. Kein intelligenter Prinz mit etwas Respekt vor sich selbst hätte jemals die einfachste Lösung gewählt, besonders da sie, die sich die Prüfung ja ausgedacht hatte, als eine Prinzessin von außerordentlich einschüchterndem Scharfsinn galt. Sie konnte sehen, wie sich auf den Gesichtern dieser Männer der Gang ihrer Gedanken abzeichnete. Es war immer derselbe, so als ob er in tatsächlichen Worten auf ihren vollendet geformten, gerunzelten Brauen geschrieben stünde. *So oft ist äußrer Schein sich selber fremd ...*, grübelten sie; *Kein Laster ist so blöde, das von Tugend im äußern Tun nicht Zeichen an sich nähme ... So ist es mit dem Gesetz, mit dem Krieg, mit der Schönheit ...* Und dann schien die Lösung auf einmal auf der Hand zu liegen: *Also werde ich das gleißende Gold zurückweisen, und auch das schimmernde Silber soll mich nicht in Versuchung führen; aber Du, oh bescheidenes Blei, dein schlichtes Ansehn spricht beredt mich an, Dich wähle ich und damit auch mein Schicksal.* Ein berechenbares Schicksal, Gott sei Dank. Jedes Mal musste die Prinzessin sich ein Lächeln verkneifen, wie unvorstellbar für einen kultivierten französischen Verstand die nächstgelegene Lösung doch war. Die armen Kerle: Wäre sie nicht so erleichtert gewesen über ein weiteres Jahr der Freiheit, hätte sie sie doch glatt bedauert, wenn die zwei Hälften der bleiernen Kugel auseinander klappten und ... nein, nicht ihr Porträt enthüllten ... sondern nichts als – Luft.

KAPITEL XI

EIN BLICK NACH UNTEN, EIN BLICK NACH OBEN

Wir befinden uns am Brunnen. Der Frosch blickt noch immer sein Spiegelbild im Wasser an. Die Prinzessin lacht noch immer, ist aber trotzdem traurig. Der Frosch ist traurig. Die Prinzessin fühlt keine Hoffnung mehr. Der Frosch fühlt sich gedemütigt. Tatenlosigkeit dräut über ihren Köpfen wie Gewittergrollen aus der Ferne. Mit nur etwas weniger Liebe vonseiten des Frosches oder noch etwas mehr Entmutigung würde sich die Geschichte jetzt auflösen: In einer anderen Welt der Geschichten springt ein Frosch zurück in den Brunnen, eine Prinzessin trottet heim zum Schloss, das Gesetz von der Unvereinbarkeit der Gegensätze tut seine Wirkung, die Weltenschlange gleitet fort ins Gras und wird sich niemals so winden, dass sie sich selbst in den Schwanz beißen kann.

In Momenten wie diesem ist Charakter von entscheidender Bedeutung. Es handelt sich hier nicht um eine Frage von Sieg oder Niederlage, sondern darum, sich ganz seinem Gefühl dafür zu überlassen, was geschehen muss.

Aus einem anderen Blickwinkel gesehen, ist es auch eine Frage, welches Verhältnis man zu Spiegeln hat. Narzissmus ist ja nicht nur eine Versuchung für die Schönen, sondern auch für die Hässlichen. Zu- und Abneigung sind ja letztendlich nur verschiedene Seiten ein und derselben Medaille, und Narziss und Anti-Narziss waren Zwillinge: Narziss, der sich über den Teich beugte und in sein eigenes Spiegelbild verliebte; Anti-Narziss, den sein Spiegelbild so abstieß, dass er davonlief und die Gelegenheit verpasste, so lange weiterzuschauen, bis er durch das Spiegelbild hindurch das Leben im Teich hätte erblicken können.

Der Frosch starrt in das Gesicht, das ihm entgegenstarrt. Zum ersten Mal in seinem Leben weiß er, dass er hässlich ist, aber diese Tatsache an sich würde ihn gar nicht besonders beunruhigen. Natürlich ist er in Frankreich geboren und aufgewachsen, aber auch französische Tiere sind doch mehr Tier als französisch. Was ihn beunruhigt, ist die Erkenntnis, dass die Prinzessin ihn abstoßend findet. So abwegig die Möglichkeit bisher auch schien, dass die Prinzessin ihn eines Tages lieben würde, sie bestand immerhin. Jetzt aber – mein Gott! – sieht es mehr als hoffnungslos aus. Klar, vielleicht wird sie ihn eines Tages wie ein Schoßtier lieben oder, wenn er großes Glück hat, wie einen Freund. Aber wahrhaftig lieben, von ganzem Herzen wie einen Geliebten, wird sie ihn niemals. Er weiß, was ihr Blick bedeutete. Es gibt nicht einmal den leisesten Hauch einer Chance.

Er ist verzweifelt. Gekränkt. Sein Herz tut weh. Es zieht ihn mit aller Macht ins Wasser. Vielleicht ist jetzt der richtige Zeitpunkt, dass er sich unter Verbeugungen so dezent wie nur möglich zurückzieht und wieder in sein eigentliches Element abtaucht, in den Schlamm am Grund des Brunnens.

Dreizehn Sekunden sind vergangen, seit die Prinzessin zu lachen begann. Das Echo ihres silberhellen Gelächters hängt in den Baumwipfeln.

Der Frosch blickt nach oben. Während er sein eigenes Gesicht angestarrt hat, hat er das der Prinzessin völlig vergessen. Heiterkeit lässt sie genauso schön sein wie Kummer. Aber es ist nicht ihre Schönheit, die ihn so tief berührt, sondern ... Zu seinem großen Erstaunen spürt der Frosch irgendetwas im Raum zwischen ihr und ihm, es ähnelt dem Gefühl, das er vor so langer Zeit hatte. Es hat sich nichts geändert. Ja, für sie ist es unmöglich, ihn zu lieben, *das* ist kaum zu leugnen. Und doch weiß er, absurderweise und ohne jeden Zweifel, dass er und die Prinzessin füreinander bestimmt sind. Irgendwie, durch irgendein Wunder oder eine überraschende Wendung der Umstände, werden sie zusammenkommen. Er muss die Demütigung nur hinunterschlucken wie ein eklig schmeckendes Insekt. Er muss nur den rechten Augenblick abwarten. Er muss der Prinzessin ihre goldene Kugel bringen, und dann wird sie vielleicht anfangen, ihn zu lieben. Oder ihn gern zu haben. Oder sie wird ihn wenigstens nicht mehr auslachen.

KAPITEL XII

WÜNSCHE

„Tut mir schrecklich Leid, Frosch", japste die Prinzessin, nachdem sie zu lachen aufgehört und sich mit einem sauberen Zipfel ihres Taschentuchs die Augen trockengetupft hatte. „Ich hoffe, ich habe deine Gefühle nicht verletzt."

„Na ja, Euer Hoheit, ich muss zugeben, dass mein Herz schon ein wenig angeschlagen ist."

„Armer Frosch", sagte die Prinzessin. Sie sah ihm in die Augen. Er sah ihr in die Augen.

„Auf der anderen Seite", meinte der Frosch, „ist es jedoch schön zu sehen, wie deine Trauer verfliegt, wenn auch nur für kurze Zeit. Wenigstens habe ich dir ein paar glückliche Augenblicke beschert."

„Ja, das stimmt", sagte die Prinzessin und seufzte.

„Ich mag zwar als Freier eine lächerliche Figur abgeben, bin dafür aber ein ganz passabler Hanswurst, obwohl das eigentlich nicht meine Absicht gewesen ist."

„Nein, natürlich wolltest du nicht den Hanswurst spielen. Und natürlich liebst du mich. So viele Männer lieben mich. Aber ein Frosch hat mich bisher noch nicht geliebt. Ich wollte nicht unhöflich sein."

„Schon gut. Es ist nicht deine Schuld. Aber wenn ich meinen eigenen Schmerz auch nicht lindern kann, so kann ich doch versuchen, deinen zu lindern ..."

„Ach Frosch, das ist sehr großherzig."

„... denn warum sollten wir beide traurig sein?"

„Ja, warum eigentlich?"

„Ich werde dir deine goldene Kugel zurückbringen. Und was immer geschehen soll, wird geschehen."

„Ja", pflichtete ihm die Prinzessin bei. Zwei Jahre zuvor hatte sie für ihren Philosophielehrmeister eine erstklassige Abhandlung zum Thema „Schicksal und freier Wille" geschrieben und darin bewiesen, dass schon die Formulierung dieses Problems irreführend ist, da die einzig wahre Freiheit darin liegt, frei zu sein von eigenen Vorstellungen. „Ich werde tief in deiner Schuld stehen. Fast so, als hättest du mir drei Wünsche freigestellt.

Denn natürlich wäre das mein erster Wunsch gewesen."

„Dass du deine goldene Kugel wiederbekommst?"

„Meine wunderschöne goldene Kugel. Ja, das wäre mein erster Wunsch gewesen."

„Und was hättest du dir noch gewünscht?"

„Und warum wünschst du dir, das zu wissen?"

„Ach, ich bin einfach neugierig. Ich würde dich gern ein wenig besser kennen lernen."

„Nun, es macht mir nichts aus, es dir zu sagen. Wenn du dafür versprichst, mir auch etwas zu verraten."

„In Ordnung. Das ist nur gerecht."

„Also dann: Mein zweiter Wunsch ... mein zweiter Wunsch wäre ..."

„Dir ist natürlich klar", unterbrach sie der Frosch, „dass es nicht zulässig ist, sich Frieden für die ganze Welt zu wünschen oder die Abschaffung der Armut."

„Warum das denn? Nicht dass ich dafür unbedingt meine letzten beiden Wünsche opfern würde ..."

„Ich weiß nicht. So funktionieren Wünsche einfach nicht, scheint es. Ich habe einen Fuchs zum Freund, der in diesen Dingen bestens Bescheid weiß. Er sagt, Wünsche seien wie Vergrößerungsgläser: Sie vergrößern und verstärken eine Absicht, die bereits in uns schlummert."

„Aha. Gut, dann lass mich nachdenken."

„Nimm dir so viel Zeit dazu, wie du möchtest."

„Ich gebe mir selbst drei Minuten", sagte die Prinzessin. Weil sie eine kurz entschlossene junge Frau von scharfem Verstand war, fand sie, drei Minuten seien mehr als genug.

„Also, Frosch, ich sage dir, was ich mir wünschen würde. Mein zweiter Wunsch wäre ein Prinz, der mich von ganzem Herzen liebt, ein Prinz, der wirklich eine Persönlichkeit ist und nicht irgend so ein gewitzter und galanter Schwachkopf. Und als Drittes würde ich mir wünschen, dass ich nicht reich und berühmt bin."

„Tatsächlich!", rief der Frosch, und sein Herz schwoll vor Bewunderung und Verzweiflung.

„Ja. Ich würde mir wünschen, in trauter Zweisamkeit zu leben, in einem kleinen Häuschen im Wald, mit einer guten Bibliothek und einer Laute und einem Teleskop und einem Gärtner und einem Dutzend Diener. Und vielleicht noch einem Koch. Kochen gehört nämlich nicht zu meinen Lieblingsbeschäftigungen."

„Das Häuschen wäre dann aber nicht mehr *ganz* so klein."

„Nein. Ich würde mir auch nicht wünschen, arm zu sein. Lieber irgendetwas dazwischen. ‚Das einfachste Muster ist zugleich das klarste.'"

„Stammt das aus dem Tao-Te-King?"

„Ja klar."

„Nun, das klingt alles sehr nett. Ein Häuschen im Wald und ein schmucker Prinz."

„Jetzt musst aber *du* mir etwas erzählen", sagte die Prinzessin. „Wie bist du eigentlich ein Frosch geworden?"

„Wie ich ein Frosch *geworden* bin?"

„Ja. Was ist passiert?"

„Ich wüsste nicht, dass *irgendetwas* passiert wäre ... Zuerst war ich eine Kaulquappe. Und dann bin ich größer geworden und war auf einmal ein Frosch – und bin es noch."

„Aber *irgendetwas* muss doch passiert sein. Wie kommt es, dass du sprichst? Die meisten Frösche können nicht sprechen, wie du weißt."

„Ist das so? Ich fürchte, ich kenne keine anderen Frösche. Einen Fuchs kenne ich, wie gesagt. Wir unterhalten uns mittels Gedankenübertragung. Ich kann nur sagen, dass du aufgetaucht bist und ich gesprochen habe. Ich habe vorher nie gesprochen. Es war ja gar nicht nötig."

„Ja, aber das Ganze ergibt keinen Sinn, wenn du einfach nur ein Frosch bist. Frösche wachen nicht eines schönen Tages auf und beschließen zu sprechen, einfach so."

„Aber ich habe gar nichts beschlossen. Du hast geweint. Ich wollte helfen. Ich hab dich gesehen und meinen Mund aufgemacht. Die Wörter sind ganz von selbst rausgekommen."

„Du kannst sagen, was du willst", entgegnete die Prinzessin und verschränkte die Arme vor der Brust. „Du kannst dich erinnern, an was du willst. Aber nichts, was du sagst, könnte mich davon abbringen, dass du in Wirklichkeit ein Prinz bist."

Da wurde dem Frosch klar, dass sie tatsächlich eine äußerst entschiedene junge Frau war.

KAPITEL XIII

NICHT JEDER SPRECHENDE FROSCH IST EIN VERZAUBERTER PRINZ

Wer war der Frosch nun aber wirklich? Die Märchenfassung äußert sich darüber völlig unzweideutig: Sie sagt ohne jede Einschränkung, dass der Frosch (oder vielmehr der ehemalige und zukünftige Prinz) von einer bösen Hexe verzaubert wurde. Wie dies geschehen konnte, was der Grund für die Böswilligkeit der Hexe war und wieso der Prinz überhaupt Opfer dieser Verwünschung werden konnte – all diese Details werden verschwiegen. Aber die ganze Wahrheit ist viel verworrener, als es diese einfache Erklärung nahe legt, und obwohl Einfachheit beim Geschichtenerzählen oft als Tugend angesehen werden kann, ist doch der Mangel an Gewissheit, wer dieser unser Frosch gewesen ist, eines der wichtigsten Elemente der Geschichte.

Tatsache ist, dass nicht alle sprechenden Frösche verzauberte Prinzen sind. Ein sprechender Frosch kann auch einfach nur ein sprechender Frosch sein. Ausgestattet mit einem Bewusstsein, mit Empfindungen und Sprache und trotzdem ohne jede menschliche Vergangenheit und auch ohne jede Zukunft außer der in seinem eigenen feuchten Amphibienkörper.

War unser Frosch einmal ein Prinz? Diese Frage hätte sich ihm niemals gestellt. Seine Erinnerung reichte bis in seine frühesten Tage im und um den Brunnen zurück, aber nicht weiter. Und doch, das ist wahr, hatte es zwei ganz bestimmte Augenblicke gegeben, in denen er eine schwache Ahnung davon gehabt hatte, dass er einmal etwas anderes, etwas Besseres war: Vor seinem geistigen Auge hatten sich – das eine Mal angeregt durch den Geruch von Jasmin an einem Frühlingsmorgen, ein andermal durch den Anblick eines herunterfallenden Ahornblatts – Szenen (der Erinnerung?, der Fantasie?) eingestellt, die ganz unglaublich waren, klar und sonderbar vertraut. Aber diese Augenblicke waren vorübergezogen und übrig blieben nur Erinnerungen, deren er sich sicher sein konnte. Auch wollte er sich gar nicht damit belasten, nach dem

Sinn dieser beiden Augenblicke zu forschen. Er war mit seinem Froschdasein völlig zufrieden.

Ich muss Ihnen gestehen, dass ich fast gar nichts über Zaubersprüche oder Verwünschungen weiß. Wir leben nicht gerade in einer Zeit, in der man darüber etwas wissen müsste. Gott sei Dank, denn die Notwenigkeit magischer Lösungen setzt ja auch voraus, dass es magische Dilemmata gibt. Die Welt ist heutzutage weit verlässlicher. Gedanken schaffen nur in sehr subtiler Weise und im weitesten Sinne Wirklichkeit. Wir moderne Menschen können nicht mit unmittelbarer Wirkung Gutes für uns selbst oder Schaden für unsere Feinde herbeiwünschen, und die einzige Magie, der wir wahrscheinlich begegnen werden, ist die, die sich im Weltverständnis unserer kleinen Kinder zeigt oder wenn wir uns verlieben. Und dafür sollten wir dem Himmel dankbar sein.

Natürlich gibt es unter uns einige Menschen, die zum Wohle anderer die Hin- und Rückreise zwischen unserer Wirklichkeit und den Randbezirken der Seele bewerkstelligen können. Eine Freundin von mir zählt zu diesen Menschen (in einer anderen Kultur würde man wohl davon sprechen, dass sie weiße Magie betreibt), und ich habe sie gefragt, ob der Frosch ihrer Sachkenntnis nach verhext war. Sie entgegnete mir, meine Frage sei irrelevant. „Wir wissen“, erklärte sie, „dass er ein Frosch war, der sich in eine Prinzessin verliebt hatte. Das ist ein ernstes Dilemma. Es ist völlig unwichtig, wie er da hineingeraten ist. Vielleicht war er ein Frosch mit hochtrabenden Zielen, der das unbändige Verlangen hatte, die Leiter der Evolution nach oben zu hüpfen. Genauso gut kann er ein Prinz gewesen sein, der sich selbst vergessen hat. Eine Verzauberung ist nichts anderes als ein versteinerter Geisteszustand. Wenn du glaubst, dass du ein Frosch bist, dann *bist* du auch ein Frosch.“

Und dabei will ich es dann auch belassen. Über die Vergangenheit des Frosches wissen wir genauso wenig wie er selbst. Und über die Vergangenheit der Prinzessin wissen wir so viel wie nötig.

KAPITEL XIV

WIE SICH DIE PRINZESSIN VERLIEBTE

Es sollte längst klar geworden sein, dass die Faszination alter Märchen nicht so sehr darin liegt, was passiert, sondern vielmehr darin, wie und warum etwas geschieht. Was geschieht, wissen wir bereits. Die Märchenfassung gibt es ja nun schon seit geraumer Zeit, die meisten von uns sind mit ihr aufgewachsen, und sie war eine freundlich mahnende Größe im Marionettentheater unseres Unbewussten. Aber in tieferem Sinne ist das „Wie“ eigentlich zugleich das „Was“. Der *Hamlet* von Shakespeare, um ein berühmtes Beispiel zu nennen, ist (sowohl unter historischen wie auch unter dramaturgischen Gesichtspunkten) ja auch nicht dieselbe Geschichte, die der alte Saxo Grammaticus erzählt. Die Märchenfassung beschränkt sich auf die Begebenheiten an der Oberfläche, und so bleibt der Charakter des Frosches rätselhaft. Zudem wird mit der Prinzessin außerordentlich unfair umgesprungen, denn ihr Handeln erscheint lediglich egoistisch und launenhaft. Dass die Prinzessin so an ihrer goldenen Kugel hing, schreit förmlich nach der Erklärung, die ich gegeben habe, und weiter hinten werden Sie noch ausführlich hören, was sie dazu bewog, den Frosch in der Hochzeitsnacht an die Wand zu werfen. Hier und jetzt ist jedoch am wichtigsten, wie es dazu kam, dass sie sich verliebte.

Nur am Rande sei bemerkt, dass daraus auch noch eine weit umfassendere Frage erwächst, nämlich: Wie kommt es, dass eine Frau sich überhaupt in einen Frosch verliebt? Unzählige Frauen stellen sich seit Ewigkeiten diese Frage, während sie mitten in der Nacht an die Schlafzimmerdecke starren. Glauben Sie mir: Wüsste ich eine Antwort darauf, ich würde sie umgehend über Rundfunk verbreiten lassen. Ich würde auch nicht eine Sekunde an finanziellen Profit denken und gäbe mich damit zufrieden, zu den bedeutendsten Wohltätern der Menschheit gezählt zu werden. Ich kenne die Antwort nicht. Aber ich weiß, wie genau diese Frau sich in genau diesen Frosch verlieben konnte.

Natürlich gibt es solche und solche Frösche. Unser Frosch hier war, wie die Prinzessin sofort erkannte, ein Frosch mit einzigartigem Potenzial. Und beim besten Willen könnte niemand behaupten, dass es der Prinzessin an Selbstachtung fehlte.

Tatsache ist also, dass unser Held eine außerordentlich liebenswerte Kreatur war. Streng genommen ist das natürlich keine *Tatsache*, und es mag Leute geben, die sie leugnen würden. Die Geisteshaltung solcher Menschen ist durch die Kultur der Wissenschaft geprägt, die für uns ja die wichtigste und eine oft unmenschliche Leitlinie darstellt, und darum sehen sie das Herz lediglich als ein Hohlorgan, das durch rhythmische Muskelkontraktion als Zirkulationspumpe für das Blut dient. (Es sind übrigens die gleichen Leute, die im Biologielabor der Oberstufe mit Begeisterung Frösche seziert und ihr Rückenmark durchtrennt haben.) Aber man müsste schon sehr kopfgesteuert sein, um im Herzen nicht eine wie auch immer geartete Zuneigung für unseren Frosch zu empfinden. Und tatsächlich – das ist unbestreitbar – fing die Prinzessin an, ihn zu lieben, als sie bei seinen ersten Worten spürte, wie tief seine Anteilnahme war.

Aber neben seiner Anteilnahme und Großzügigkeit war da noch etwas anderes, das sie unweigerlich anzog. Sie war fasziniert von seiner amphibischen Natur. Auch sie lebte in zwei Elementen, dem Hof und dem Wald. Das war jedoch nichts im Vergleich zu einem Geschöpf, das sowohl an der Luft wie auch unter Wasser atmen konnte. Es war, als könne man gleichzeitig im Urschoß des Lebens und außerhalb davon existieren, als könne man sich sowohl im Traum als auch im Wachzustand bei vollem Bewusstsein bewegen. Bei genauerem Nachdenken schien ihr, dass nur ein so gelenkiges und gleichsam beidhändig begabtes Wesen dazu fähig sein konnte, tief genug hinabzutauchen, um zurückzuholen, was ihr so kostbar war.

Trotzdem war sie sich der Tatsache, dass sie dabei war, sich zu verlieben, überhaupt nicht bewusst. Während es dem Frosch erging, als stünde er gerade noch oben am Grand Canyon, und plötzlich – oh Entzücken, oh Verzweiflung! – träte er ins Leere und stürzte dem Abgrund entgegen, war es bei der Prinzessin eher so, als wäre sie auf einen Stein getreten und hätte beinahe unmerklich für sie selbst ein ganz klein wenig das Gleichgewicht verloren.

Vieles in der Erziehung der Prinzessin hätte vehement dagegengesprochen, sich in einen Frosch zu verlieben, wenn sie sich dessen bewusst gewesen wäre. Es war grotesk. Es war ihrer nicht würdig. Der Frosch war nicht nur hässlich, sondern auch völlig ungebildet. Er konnte weder tanzen noch Latein sprechen, auf einem Pferd reiten oder ein Instrument spielen. Aber wenn die Liebe einmal in ein Herz gepflanzt ist, ist sie gleich einem Senfkorn: Mag es auch das kleinste unter den Samenkörnern sein, wächst es doch zu einem riesigen Baum heran, der starke Äste ausbildet, sodass die Vögel des Himmels ihre Nester in seinem Schatten bauen können.

Und – nebenbei gesagt – die Prinzessin hatte zumindest am Anfang ihrer Bekanntschaft auch ein ganz eigennütziges Interesse daran, gute Beziehungen zu dem Frosch zu pflegen. Eigennutz wird ja gewöhnlich als das Gegenteil von Liebe angesehen. Aber genauso gut kann gesagt werden – und *ist* so auch von einem der größten Philosophen überhaupt gesagt worden –, dass Eigennutz zwangsläufig allen unseren Motiven zugrunde liegt und dass Liebe sich aus nichts so sehr speist wie aus einem gesunden Eigennutz. Jeder ist ja bekanntlich sich selbst der

Nächste. Als die Prinzessin erkennen musste, dass der Frosch als Einziger ihre goldene Kugel zurückholen konnte, wandte sie ihm ganz zwangsläufig ihr Herz zu und legte es der Liebe in den Weg.

„Halt, halt, Moment mal“, denken Sie jetzt wahrscheinlich. „Hätte die Prinzessin nicht einfach einen Diener anweisen können, ihre goldene Kugel zu holen? Oder hätte sie nicht einfach selbst in den Brunnen springen können?“ Die Antwort auf beide Fragen ist ganz einfach: nein und nochmals nein. Der Frosch war der Einzige, der die goldene Kugel zurückholen konnte, weil er auch der Einzige war, der in den Brunnen hinabtauchen konnte. Er war der Einzige, der in den Brunnen hinabtauchen konnte, weil die Kunst des Tauchens in Europa zu dieser Zeit noch unbekannt war. Die Kunst des Tauchens war noch unbekannt, weil sie noch nicht aus Indien zu uns gelangt war. Deshalb war der Frosch der Einzige, der die goldene Kugel zurückholen konnte. Q. e. d.

KAPITEL XV

DER HANDEL

Schweigend hatten sie einander angesehen. Die Prinzessin hielt die Arme noch immer stocksteif vor der Brust verschränkt. Ihr Blick war ein resolutes Starren, fast könnte man sagen: Stieren. Der Frosch schaute nervös drein. Gerade hatte er mit dem Mut der Verzweiflung eine tollkühne Entscheidung getroffen.

„Gut", meinte die Prinzessin. „Wenn du unbedingt auf deinem Standpunkt beharren willst, können wir ja das Thema wechseln. Wann wolltest du mir gleich wieder meine goldene Kugel zurückbringen?"

„Wann immer du willst."

„Sofort wäre gar nicht schlecht."

„Ich kann dir aber nicht sagen, wie lange ich brauchen werde. Ich habe so etwas noch nie getan. Es ist eine ziemlich große Kugel."

Die Prinzessin hob die linke Braue.

„Für *mich* ist sie ziemlich groß“, fügte der Frosch hinzu.

„Ja, das kann ich mir denken. Aber lass uns jetzt nicht lange herumreden. Du hast es dir nun einmal vorgenommen und wirst deshalb auch einen Weg finden, es zu schaffen.“

„Hm, es gibt da aber noch eine Kleinigkeit, die wir besprechen müssen“, meinte der Frosch und senkte den Blick.

„Und was soll das bitte sein?“

„Es gibt da etwas ... es gibt da etwas, was ich möchte“, sagte der Frosch. Er zwang sich, der Prinzessin in die Augen zu sehen.

„Ich höre?“

„Es ist nur ... Ach, ich weiß nicht, wie man so etwas einigermaßen charmant ausdrücken kann.“

„Na, dann drück es doch einfach uncharmant aus!“

Der Frosch hüstelte leicht, um seine Fassung wiederzuerlangen. „Wenn ich dir deine Goldkugel schon wiederbringe, möchte ich auch etwas dafür haben.“

„Ah, *wenn* du sie mir bringst ... Dann war das also gar kein Versprechen. Du willst also einen Handel.“

„Nun ja. Ich nehme an, man nennt das so. Einen Handel.“

„Eine geschäftliche Abmachung. Eine Hand wäscht die andere.“

„Wenn du es unbedingt so nennen willst.“

„*Ich* will es nicht unbedingt so nennen“, entgegnete die Prinzessin. „Aber es ist einfach so. Du sagst, dass du mich liebst, dass du alles für mich tun würdest und dass du mir meine goldene Kugel wiederbringen wirst. Tja, und dann, so ganz nebenbei, *ehe* du mir meine goldene Kugel bringen kannst, muss ich dir leider noch schnell einen Vertrag unterzeichnen. Also gut, dann schieß los. Worum geht es?“

„Du musst dich einverstanden erklären ... Es ist mir peinlich, das zu sagen ...“ Er hüstelte noch einmal. „Du musst dich einverstanden erklären, mich zu lieben und als deinen besten Freund anzunehmen, mich von deinem Teller essen, aus deinem Becher trinken und in deinem Bett schlafen zu lassen. Ich denke, das wäre alles.“ Er legte seinen Kopf ein wenig schief und dachte noch einen Moment nach. „Ja, das dürfte es sein.“

„Und du wirst mir meine Kugel nicht bringen, wenn ich nicht einverstanden bin?“

„Offen gestanden, ich hoffe sehr, dass du einverstanden bist.“

„Muss ich mich jetzt gleich entscheiden? Oder möchte Euer Gnaden mich vielleicht einen Augenblick entschuldigen, damit ich über Euren Vorschlag nachdenken kann?“

„Aber natürlich. Lass dir Zeit! Wir haben den ganzen Tag.“

„Danke schön, das ist schrecklich zuvorkommend von Euch“, sagte die Prinzessin und blies die Nasenflügel auf.

Die Prinzessin saß also da und dachte nach, und der Frosch saß da und hatte grässlich gemischte Gefühle. Sein Herz pochte noch immer heftig, und er hatte Schwierigkeiten, seinen gewohnten meditativen Atemrhythmus wiederzufinden. Er war erleichtert, dass er den schwierigsten Teil der Unterhaltung hinter sich gebracht und seine ultimative Bedingung gestellt hatte. Aber er hatte keine Ahnung, was er tun würde, wenn sie nicht einwilligte. Er hatte das Ganze noch nicht bis zum Ende durchgespielt und wollte die Möglichkeit, ihr nicht zu helfen, eigentlich gar nicht in Betracht ziehen. Er war stolz, dass er den Mut aufgebracht hatte, der Prinzessin zu sagen, was er wollte: Schließlich war es nicht gerade die einfachste Sache der Welt, sich gegenüber einer Frau von derart unbezähmbarem Gemüt zu behaupten. Und doch spürte er gleichzeitig, wie ihn eine Woge von Traurigkeit überrollte. Es schmerzte ihn, dass er mit ihr handeln musste, dass er sich gezwungen sah, auch nur den leisesten Druck auszuüben, um das zu bekommen, was er wollte. Das war nicht seine Absicht gewesen. Ursprünglich hatte er nur angeboten, ihre goldene Kugel wiederzuholen, weil ihn ihr Schmerz so berührt hatte. Aber die Sachlage hatte sich seitdem entscheidend verändert. Er war ausgelacht worden. Nun, das war vergeben und vergessen. Aber zusätzlich wurde er nicht als der Frosch angesehen, der er stets zu sein geglaubt hatte, sondern sozusagen als verfehlter Prinz, der sich aus freiem Willen weigerte, seine wahre Identität anzunehmen. Da er die Prinzessin durchschaut hatte, war er sich sicher, dass dieses erste Zusammentreffen auch das letzte sein würde, wenn er nicht zu drastischen Mitteln griff. Sich einer Taktik bedienen zu müssen beschämte ihn, und er war sich wohl bewusst, dass das unangenehme Auswirkungen haben würde, die später einmal zur Sprache kommen mussten, falls er und die Prinzessin tatsächlich füreinander bestimmt waren. Einer jungen Frau von ihrem Schlag musste jeder Zwang verhasst sein. Auf jemanden, der zuerst seine Hilfe anbot und dann so mir nichts, dir nichts wie irgendein schmieriger Politiker auf einmal irgendwelche Bedingungen damit verknüpfte, würde sie unweigerlich mit Verachtung herabsehen. Aber vielleicht würde sie andererseits eines Tages das Ausmaß seines Verlangens verstehen und so weit kommen, ihm zu verzeihen. Ja, er schämte sich zutiefst und spürte doch, dass er keine andere Wahl hatte. Was er tat, war das einzig Richtige.

Nur ein kleines Stück von ihm entfernt saß die Prinzessin und rang um Selbstbeherrschung. Sie kochte vor Wut. Diese Kreatur wagte es, sie zu tyrannisieren, wagte tatsächlich, ihre Liebe einzufordern, als ob Liebe eine Ware wäre, die man nach Belieben fabrizieren konnte. Dieses glitschige, glupschäugige, halslose kleine Häufchen Elend! Besaß doch glatt die Frechheit ...! Glaubte dieser Knilch etwa, sie sei irgendeine dahergelaufene Schlampe, die man in Versuchung führen und kaufen konnte, wenn das Angebot nur lukrativ genug war? Flammen der Empörung schossen ihr vom Bauch bis hinauf in den Kopf.

Aber was hatte sie für eine Wahl? Sie konnte einfach gehen und ihre Würde um den Preis ihrer goldenen Kugel wahren. Nein, das war unmöglich. Sie *musste* ihre Goldkugel einfach zurückhaben. Das wenigstens war völlig klar.

Vielleicht konnte sie den Frosch auch dazu überreden, seine Bedingung zurückzuziehen und sein ursprüngliches Angebot zu erneuern, das so schlicht und großzügig gewesen war. Sie wünschte nun, sie hätte es in aller Form angenommen, als es zu Anfang gemacht wurde. Aber sie hatte es nicht ernst genommen, hatte kaum zugehört, so erschüttert über den Verlust und zerstreut, wie sie war. Und jetzt war dieser Moment längst verstrichen. Außerdem, wie sollte sie in ihrer augenblicklichen Verfassung irgendjemanden zu irgendetwas überreden? Und selbst wenn sie völlig ruhig gewesen wäre, es gab nichts zu sagen. Alle vernünftigen Argumente wären nutzlos. Sie hatte die Entschlossenheit in den Augen des kleinen Geschöpfs gesehen. Natürlich gab es die Möglichkeit, noch mehr an das Mitleid des Froschs zu appellieren. Sie könnte ihn anflehen oder ein wenig schauspielern und wieder in Tränen ausbrechen, sodass er sich erweichen ließ. Aber das waren taktische Überlegungen, die genauso verachtenswert waren wie das nachträglich abgewandelte Angebot des Frosches.

Es kam für sie auch nicht in Frage, ihre körperlichen Reize auszuspielen, um zu bekommen, was sie wollte. Sie hatte sich noch nie irgendwie verführerisch benommen, zumindest nicht, soweit ihr bewusst war. Und ganz bestimmt hatte sie keinem Mann mit den Wimpern zugeklimpert oder versucht, sich bei irgendwelchen Damen einzuschmeicheln. Selbst wenn sie mit ihrem Vater oder ihrer Mutter im Streit lag, hatte sie sie, wenn es ihr denn gelang, immer dank der Kraft und Klarheit ihres Denkens auf ihre Seite ziehen können.

Sie hatte einfach keine Wahl. Sie musste in die Bedingung des Froschs einwilligen. Wie sie es dann genau anstellen sollte, ihr Wort zu halten, war ihr im Augenblick noch völlig unklar. Sie würde kein Problem damit haben, wenn der Frosch von ihrem Teller aß und aus ihrem Becher trank. Sie war nicht zimperlich wie die meisten Damen am Hofe. Und sogar die Klausel, ihn in ihrem Bett schlafen zu lassen, würde keine unüberwindliche Schwierigkeit darstellen, dachte sie. Ihr Bett war nämlich ziemlich groß, Kingsize würde man in England dazu sagen. Es wäre genug Platz für ihn auf der anderen Seite der Matratze oder am Fußende. Und da sie keinen unruhigen Schlaf hatte, war die Gefahr, dass sie zu ihm hinüberrollte und ihn erdrückte, eher gering.

Aber ihn zu lieben und als ihren besten Freund anzunehmen, wie sollte sie das fertig bringen? Wenn er ein verwunschener Prinz war, gab es natürlich überhaupt kein Problem – gesetzt den Fall, sie konnte herausfinden, wie der Zauber sich auflösen ließ, und er würde sich, erst einmal von seiner Froschgestalt befreit, als ein Prinz entpuppen, den sie lieben konnte. Aber einmal angenommen, sie täuschte sich, was ihn betraf ... Nein, sie täuschte sich nicht, eine so starke Intuition konnte einfach nicht täuschen. Aber nur mal angenommen. Angenommen, er war nichts anderes als ein mitfühlender sprechender Frosch. Was für ein bester Freund und Bettgefährte konnte er dann sein? Es musste einen Weg geben. Sie musste nur ernsthaft darüber nachdenken. Noch immer war sie wütend. Aber sie wusste: Wenn sie ihre Entscheidung erst einmal getroffen hatte, würde das Unmögliche möglich werden und von irgendwoher eine Lösung auftauchen. So hatte es auch bisher immer funktioniert. So funktionierte das Universum, einem Verstand folgend, der so ungeheuer war, dass er ihr den Atem raubte. Sie musste gar keine Lösung finden. Sie konnte guten Gewissens das Angebot des Froschs annehmen, und alles andere überließ sie einfach dem ...

KAPITEL XVI

DER HANDEL WIRD BESIEGELT

„... Tao“, sagte die Prinzessin. „Was ist passiert?“, fragte der Frosch. „Nichts. Ich habe nur laut gedacht.“ „Ach so. Gut. Ich hatte schon befürchtet, irgendetwas hätte dich gepiesackt. Eine Biene oder eine Wespe.“

„Wenn mich irgendwas piesackt, dann bist das höchstens du.“

„Das tut mir Leid.“

„So Leid, dass du deine Forderung zurücknimmst?“

„Nein. Es tut mir wirklich Leid, aber ich muss darauf bestehen. Anders geht es einfach nicht.“

„Das hab ich mir fast gedacht. Du bist ein ziemlich sturer Kerl.“

„Fast so stur wie du, liebe Prinzessin. Wenn ich das, bei allem Respekt, sagen darf.“

„Ich habe schon gehört, dass jemand diesen Ausdruck für mich verwendet hat. In meinem Fall bedeutet er jedoch einfach ‚entschieden‘.“

„Genau. Deswegen sind wir uns ja so ähnlich.“

„Pfff!“, meinte die Prinzessin.

„Egal. Hast du dich entschieden?“

„Ja, hab ich. Obwohl sich meine Begeisterung ziemlich in Grenzen hält, werde ich in deine Bedingung einwilligen.“

„Wunderbar. Ich bin sehr froh, das zu hören. Wir sollten es mit einem Handschlag besiegeln.“ Er richtete sich ein wenig auf, lehnte sich zurück und streckte seinen rechten Arm aus. Die Prinzessin nahm die kleine Hand mit den vier Fingern zwischen Daumen und Zeigefinger und schüttelte sie, ganz vorsichtig. Unweigerlich musste sie dabei schmunzeln.

„Was ist denn so komisch?“, fragte der Frosch.

„Wir sind uns in der Tat sehr ähnlich“, meinte die Prinzessin.

Der Frosch nickte. „Aber ich sollte mich jetzt wohl besser auf den Weg machen. Ich komme zurück, so schnell ich kann.“

„Viel Glück."

„Ihr ergebenster Diener", erwiderte er und verneigte sich unbeholfen. Dann entfernte er sich mit einem Sprung und war mit einem weiteren verschwunden.

Die Prinzessin sah ihn ins Wasser hüpfen und beobachtete, wie sich kreisförmige Wellen zum Brunnenrand hin ausbreiteten.

KAPITEL XVII

DIE GOLDENE KUGEL WIRD ZURÜCKGEBRACHT

Tiefer und tiefer taucht der Frosch hinab. Seine Nasenlöcher sind verschlossen. Stoß für Stoß befördern ihn seine Füße mit den Schwimmhäuten senkrecht nach unten.

Zum Grund des Brunnens zu schwimmen ist für ihn, als bewegte er sich durch einen Traum: In der dichten Atmosphäre erscheint alles bedeutungsgeladen. Sein Atem wird leichter, voller, nimmt die ganze Oberfläche des Körpers ein. Die Haut prickelt vor Lebendigkeit. Sein Blut gerät in Wallung. Hinunter, immer tiefer, ins Dunkel, bis er den Schlamm riechen kann.

Der Frosch erreicht den Grund. Er blickt um sich. Im trüben Licht kann er außer Wasser und Schlamm nichts erkennen. Wo mag nur die Kugel der Prinzessin sein?

Schwerelos wie ein Balletttänzer schwebt er ein paar

Schritte nach rechts. Wieder blickt er um sich. Ah, dort, ein Stück weiter drüben schimmert es schwach. Er schwimmt darauf zu. Ja, das ist sie, die Goldkugel, halb im Schlamm vergraben. Er kann den Spalt rundherum erkennen und den kleinen goldenen Verschluss. Was nun?

Er stößt die Kugel mit der Nase an. Nichts. Sie rührt sich nicht vom Fleck. Er vergräbt die Füße im Schlamm, um das Gleichgewicht besser halten zu können, und drückt diesmal fester, mit der Nase und den Armen. Die Kugel gerät ins Rollen.

Tja, und was jetzt?

Die Kugel hat einen Durchmesser von zehn Zentimetern. Sie ist fast genauso groß wie sein ganzer Körper. Kann er sie mit dem Maul aufheben? Hm. Unwahrscheinlich, aber er kann es ja versuchen. Er öffnet seinen Mund ganz weit und versucht, die glatte, goldene Oberfläche zu greifen. Weiter auf, noch weiter. Seine Kiefer schmerzen schon. So hat das keinen Sinn.

Er setzt sich hin, um über die Lage nachzudenken. Die einzige Möglichkeit ist offensichtlich, dass er sich unter die Kugel begibt und sie, während er selbst nach oben schwimmt, mit hochhievt. Er muss dabei das Gleichgewicht perfekt halten. Das verlangt eine Menge Konzentration, aber es ist machbar.

Er drückt seine Nase unter die Kugel. Sie rollt ihm auf die Stirn, dann nach links und plumpst wieder in den Schlamm. Er versucht es noch zehnmal, und zehnmal rollt die Kugel wieder hinunter.

Beim elften Mal gelingt es ihm, die Kugel dicht vor seinen Augen zu balancieren. Langsam und ganz vorsichtig schwimmt er nach oben.

Ganz dicht unter der Wasseroberfläche, gerade als er sich ausmalt, wie glücklich die Prinzessin sein wird, purzelt die Kugel wieder hinunter. Er schaut ihr nach und taucht dann wieder hinterher.

KAPITEL XVIII

DER KUSS (1)

„Nein, noch hatte ich die Hoffnung in dich nicht aufgegeben“, meinte die Prinzessin. „Aber ich hatte nicht erwartet, dass du so lange brauchst. Du musst mindestens zwei Stunden da unten gewesen sein.“

Mit untergeschlagenen Beinen saß sie auf dem Brunnenrand. In ihrem Schoß lag in einer Falte ihres Samtrocks die Goldkugel. Es glänzten noch ein paar Wassertropfen darauf.

„Es war ein schwieriges Unterfangen“, meinte der Frosch. „Ich freue mich, dass du mit mir zufrieden bist.“

„Das bin ich, ja wirklich. Ich kann dir gar nicht sagen, wie aufgeregt ich war, als nach der ganzen Warterei auf einmal meine goldene Kugel scheinbar von ganz alleine aus dem Brunnen auftaucht. Und dann du, wie du sie auf deiner Nase balancierst wie ein dressierter Seehund.“

„Aber ohne jede Dressur. Es war sehr schwierig, sie im Gleichgewicht zu halten. Ich hatte schon Angst, sie würde mir im letzten Moment noch einmal herunterfallen, bevor ich sie dir geben könnte.“

„Es war wirklich ziemlich clever von dir, genau dort aufzutauchen, wo ich saß“, meinte die Prinzessin. „So musste ich mich nur ein Stück nach vorne beugen und konnte sie dir gleich aus der Hand nehmen ... äh, von der Nase, meine ich.“

„Ja. Aber sie ist noch ein bisschen schlammig. Ich hoffe, du hast dir nicht den Rock schmutzig gemacht.“

„Ach, das bisschen Schlamm stört mich nicht. Viel wichtiger ist, dass ich meine goldene Kugel wiederhabe. Wie kann ich dir nur jemals danken?“

„Du weißt, wie.“

„Ach ja, das, natürlich. Darauf werde ich noch früh genug zurückkommen. Aber ich bin gerade jetzt so furchtbar glücklich. Ich habe Lust zu feiern.“

„Wie sollen wir denn feiern?“

„Lass uns darauf trinken. Und da wir keinen Champagner haben, nehmen wir einfach Wasser.“

„In Ordnung.“

Die Prinzessin schöpfte mit der Rechten Wasser und schüttete ein wenig davon in ihre linke Handfläche. „Hier", sagte sie und hielt die Hand dem Frosch entgegen, „du kannst daraus trinken."

„Lass mich dafür einen kleinen Trinkspruch ausbringen", meinte der Frosch. „Auf dass du immer glücklich sein mögest!"

„Danke", sprach die Prinzessin. „Auf dass ich immer glücklich und unabhängig sein möge!" Sie hob ihre gewölbte rechte Hand zum Mund und trank. Der Frosch nippte aus ihrer linken Handfläche.

„Und jetzt", sagte die Prinzessin, „gehe ich heim. Aber vorher will ich noch dies tun." Sie stützte sich auf den Ellbogen, lehnte sich nach vorn und senkte ihren Kopf so weit hinab, dass sie dem Frosch direkt ins Gesicht sah. Dann küsste sie ihn auf seine kalten Lippen.

Fünf Sekunden verstrichen.

Zehn Sekunden.

Nichts geschah.

Nach einer Minute setzte sie sich wieder auf und schaute grimmig. „Ich muss schon sagen, du enttäuschst mich ziemlich."

„Aber warum denn, Prinzessin? Ich hab doch gar nichts getan."

„Das ist ja genau der Punkt. Du hast deine Chance gehabt und sie vertan."

„Was hätte ich denn tun *sollen*?"

„Oh, das weißt du ganz genau", meinte die Prinzessin verächtlich. „Du glaubst, du bist tatsächlich ein Frosch. Ich hab das keine Sekunde lang geglaubt. Aber ich kann dein Problem nicht für dich lösen. Und ich werde dich ganz sicher nicht noch einmal küssen. Igitt!"

„Welches Problem denn?"

Doch die Prinzessin – die nicht im Geringsten die Absicht hatte, ihr Versprechen zu brechen, sich aber auch nicht verpflichtet fühlte, es sofort einzulösen – war bereits aufgestanden und machte sich mit langen, ungeduldigen Schritten auf den Rückweg zum Schloss.

„Warte, Prinzessin!", rief der Frosch ihr nach. „So warte doch auf mich!"

Die Prinzessin hörte ihn nicht. Das einzige Geräusch, das sie hörte, war das trockene Knirschen der Steine unter ihren Füßen.

KAPITEL XIX

STOLZ UND VORURTEIL

Am Anfang unserer Geschichte habe ich die Prinzessin als „stolz, undankbar und dickköpfig“ beschrieben. Wir sind nun an einem Punkt angelangt, an dem auf diese Aussage näher eingegangen werden muss. Sie ist nicht falsch. Aber sie sollte doch in den richtigen Kontext gestellt werden, damit ihre Wahrheit unvoreingenommen und nicht als moralisches Urteil gesehen werden kann.

Wir alle kennen Geschichten, in denen eine junge Frau mit Mut und Verstand und einem wählerischen Herzen nicht zögert, den Antrag eines Mannes abzulehnen, der – geht man einmal von erotischen Gesichtspunkten aus – der typische Frosch ist und den nur ganz Doofe, Ängstliche oder sehr altruistisch Veranlagte als Ehemann akzeptieren würden. Eine solche junge Frau weiß um ihren eigenen Wert. Sie würde ihn niemals aufs Spiel setzen, selbst wenn das Risiko besteht, dass sie ihre ganze Familie damit brüskiert.

Was nach außen hin stolz, undankbar und dickköpfig aussehen mag, offenbart im Inneren doch eine unerschütterliche charakterliche Integrität. Stolz, so er nicht die Schwelle zur Arroganz überschreitet, ist lediglich unvoreingenommene Selbstachtung. Undankbarkeit ist die angemessene Reaktion auf eine Freundlichkeit, die nicht ohne Haken ist. Und *dickköpfig* ist eigentlich nur ein anderes Wort dafür, dass man seinem eigenen Herzen vertraut.

Es ist wichtig, diesen Punkt geklärt zu haben, denn wir gelangen nun zu einer kritischen Fragestellung: Was will die Prinzessin?

Sie sucht die Herausforderung. Sie sucht einen Partner, der ihr ebenbürtig ist und auf den sie sich mit ihrem ganzen Körper und ihrer ganzen Seele einlassen kann. Und damit sucht sie nichts anderes als jede andere Frau mit einer gesunden Portion Eigennutz auch.

Aus der Sicht des Frosches ist das Verlangen der Prinzessin völlig verständlich, solange es sich nicht auf seine Person bezieht. Wenn sie von *ihm* erwartet, ihr ebenbürtig zu sein, kann sie nicht ganz bei Trost sein. Was er will, ist um seiner selbst geliebt zu werden und nicht um dessentwillen, was er unter Umständen werden könnte. Er schätzt sich selbst, kennt aber auch seine Grenzen. Wenn von ihm erwartet wird, sich mit der Prinzessin in jeder Hinsicht messen zu können, fühlt er sich zum Scheitern verdammt. Er ist sich bewusst, dass einige seiner Talente – die Fähigkeit, tief zu tauchen, zum Beispiel – von entscheidender Bedeutung für ihr seelisches Wohlbefinden sein könnten. Aber was für ein Leben könnte er mit ihr führen, bei Hofe oder sogar in dem Häuschen im Wald, das sie sich erträumt, da sie sich doch mit Schönheit in jeder Form beschäftigt, an der er niemals teilhaben wird? Dann ist da noch die Frage, wie er sie in die Arme schließen soll. Der bloße Gedanke daran verschafft ihm ein Gefühl so großer Unfähigkeit, dass er schier in Verzweiflung ertrinken möchte, wenn Frösche denn ertrinken könnten.

Von außen gesehen, ist die Erwartung der Prinzessin nicht nur verrückt, sondern auch lieblos. Oberste Regel in der Liebe ist doch, den anderen voll und ganz so anzunehmen, wie er ist, oder?

Falsch. Die Prinzessin ist eine Frau mit Visionen. Sie

sieht einfach, dass der Frosch ein Prinz ist. Es ist ihr egal, wie er zum Frosch wurde, und sie wird ihre Zeit nicht damit vergeuden, sich zu überlegen, wie er ein Prinz werden kann. Aber sie ist sich ganz sicher, dass er sich auf die eine oder andere Weise verwandeln kann. Sie weigert sich, ihn als das, was er momentan ist, zu akzeptieren, weil sie weiß, wer er wirklich ist. Ihn als Frosch zu akzeptieren hieße, ihre Vision zu verleugnen. Und das wird sie auf keinen Fall tun.

In jeder anderen Situation würde die Erwartungshaltung der Prinzessin einfach nur eine Grausamkeit gegenüber sprechenden Tieren darstellen. Aber wir wissen, wie die Geschichte ausgeht. Der Frosch verwandelt sich tatsächlich in einen Prinzen, und das nur, weil die Prinzessin in Bezug auf ihre Vision so dickköpfig ist. Davon später mehr. Aber bereits jetzt sollte Ihnen klar geworden sein: Als eine höflichere und sanftere Prinzessin hätte unsere Heldin am Ende mit nichts als einem Frosch als Schoßtier dagestanden.

KAPITEL XX

AUCH EINE REISE VON TAUSEND MEILEN BEGINNT MIT DEM ERSTEN HOPSER

Der Frosch sitzt auf dem Rand des Brunnens. Die Prinzessin ist schon lange fort. Immer noch starrt er in den Wald hinein, auf die Stelle, wo sie zwischen den Ahornbäumen verschwunden ist.

Er weiß: Früher oder später wird er ihr zum Schloss folgen.

Es ist sehr weit.

Er sollte sich besser auf den Weg machen.

Aber eine eigenartige Trägheit hat von ihm Besitz ergriffen. Er hat das Gefühl, sich nicht von der Stelle rühren zu können. Er hat das Gefühl, gar nichts mehr zu können.

Hin und wieder brummt ein Gedanke durch seinen Schädel – einer fetten Fliege gleich. Er sieht ihn kommen und wieder fortziehen und rührt sich nicht.

KAPITEL XXI

KÖNIG UND KÖNIGIN

Während der Frosch all seinen Mut zusammennahm, um sich auf den langen Weg zum Schloss zu begeben, hatten die Eltern der Prinzessin für diesen Tag ihre Staatsgeschäfte beendet und sich in das königliche Studierzimmer zurückgezogen. Die Königin war gerade dabei, Rosen zu drapieren, in einem Dutzend großer, blassgrün glasierter Vasen, die zur Zeit ihres Urgroßvaters aus Korea importiert worden waren. Das Studierzimmer war das Heiligtum des Königs, und sie sorgte dafür, dass alles darin jederzeit comme il faut war. Die Walnusspaneele an den Wänden waren im vorangegangenen Jahrhundert von italienischen Kunsthandwerkern mit geschnitzten Szenen aus der griechischen, römischen und chinesischen Geschichte versehen worden: Perikles bei seiner Grabrede, Lao-Tse, wie er dem Passbeamten diktiert, Alexander der Große, wie er als Knabe Bukephalos zähmt, indem er ihn von seinem Schatten wegdreht, Horaz, wie er auf seinem geliebten Landgut im Sabinerland die Weinreben beschneidet, Li Po und Tu Fu auf einer Terrasse am See, wie sie ihre Weinkrüge zum Mond erheben. Goldverzierte und in purpurfarbenes Maroquinleder gebundene Bücher säumten die Regale. Einige von ihnen waren illuminierte Handschriften, andere auf feinstes Pergament gedruckt. In die Ecken ihrer elegant verzierten Frontispize sowie in die verschwenderischen Verzierungen der Initialen an den Kapitelanfängen hatten die geschicktesten Miniaturisten der Zeit Porträts der königlichen Vorfahren in heiterer Gesellschaft mit den antiken Autoren gezeichnet: Aristoteles beim Schachspiel mit dem Urgroßvater der Königin zum Beispiel, oder Tschuang-Tse und Konfuzius an der Ehrentafel des Vaters des Königs. Zwischen den Bücherstelen fiel das nachmittägliche Sonnenlicht durch hohe, bemalte Glasfenster auf gepolsterte Lehnsessel in purpurfarbenem Samt und auf den Schreibtisch des Königs, den Lilienintarsien aus Blattgold und Perlmutt zierten und der getragen wurde von vier ruhenden Löwen aus Ebenholz, deren zahmes Grinsen nahe legte, dass sie gerade ein reichhaltiges Mahl hinter sich hatten.

Der König saß in einem der Lehnsessel und las die *Naturalis historia* von Plinius in einer handgefertigten Abschrift der einzigartigen Ausgabe von Nicolas Jenson. Die Königin arrangierte gerade die letzten Rosen.

„Geht es nur mir so“, fragte sie und wandte sich dem König zu, „oder hast auch du das Gefühl, dass in Kürze irgendetwas Ungewöhnliches passieren wird?“

„Nein“, antwortete der König, „auf mich wirkt alles ganz normal. Gott sei Dank.“

„Es ist ein äußerst unangenehmes Gefühl. Ich wollte, du spürtest es auch.“

„Nun, Liebling, vielleicht ist das ja wieder eine deiner eher ungenauen Vorahnungen. Jucken deine Ohrläppchen?“

„Nur das linke.“

„Hm. Kein eindeutiges Zeichen. Wir werden wohl einfach abwarten müssen. Aber natürlich müssten wir das auch, wenn es ein eindeutiges Zeichen *wäre*.“

„Ja, aber wir würden irgendwie anders warten.“

„Aufs Höchste alarmiert“, meinte der König. „Es ist schon eine ganze Weile her, seitdem sich in unserem

Königreich zuletzt ein Unerklärliches Phänomen ereignet hat."

„Beinahe fünf Jahre."

„Und alle hoffen wir sehnlichst, dass es das letzte war."

„Aber natürlich ist da auch noch dieser Bericht aus Deutschland. Dort hatten sie innerhalb der letzten drei Jahre zwei Vorfälle."

„Ja, was da berichtet wurde, war in der Tat beunruhigend. Besonders die Sache mit den zwei Kindern im Schwarzwald."

„Und dem Haus aus Lebkuchen."

„Und diesem Menschen fressenden Weib mit den winzigen roten Augen", meinte der König. „Brrr! Ich bekomme noch immer eine Gänsehaut davon."

„Die andere Sache war aber fast genauso gruselig."

„Die mit dem goldenen Vogel?"

„Da war doch mehr als nur ein goldener Vogel", sagte die Königin. „Da war noch ein goldenes Pferd und ein Mädchen in einem goldenen Schloss. Ein Mädchen mit einem tadellosen Stammbaum, das muss ich sagen. Es gelang dem Prinzen, sie alle wohlbehalten heimzubringen. Der Prinz ist übrigens der dritte und jüngste Sohn des

Königs von Wittenberg, deines Großcousins um sieben Ecken herum."

„Mein Cousin hat seinen jüngsten Sohn selbst immer für einen ziemlichen Schwachkopf gehalten. Das heißt, bis zu diesem Vorfall. Die ganze Angelegenheit war wirklich *äußerst* ungewöhnlich."

„Ja, Liebling, das war sie. Gegen Ende wurde es ja ziemlich schaurig, aber schließlich wendete sich doch alles zum Guten, wie bei den meisten dieser Vorfälle."

„Aber selbst wenn sich alles zum Guten wendet, läuft doch das ganze Königreich noch Monate danach mit bloßliegenden Nerven umher. Kein Mensch kann mehr an einem Tier vorbeigehen, ohne sich beobachtet zu fühlen. Alle fangen schon an zu flüstern, wenn nur ein Pferd oder eine Kuh in ihre Nähe kommt. Sie essen kein Fleisch mehr. Der Preis für Gemüse steigt ins Unendliche."

„Ganz zu schweigen vom Preis für Ringe."

„Juckt dein Ohrläppchen eigentlich noch?"

„Ja, beide sogar."

„Und trotzdem ist auch das kein untrügliches Zeichen. Du liegst immerhin neun von zehn Mal daneben."

„Eher fünf von sechs Mal, würde ich sagen. Aber du

hast Recht. Ich gebe zu, dass ich oft danebenliege. Ich hoffe bloß, dass es nichts mit [hier nannte sie den Vornamen der Prinzessin] zu tun hat."

„Was macht sie denn heute Nachmittag?"

„Oh, wahrscheinlich spaziert sie irgendwo im Wald herum."

„Sie ist in einem seltsamen Alter. Sicherlich wird sie da bald wieder rauswachsen."

„Das hoffe ich allerdings auch", meinte die Königin. „Sie ist jetzt dreiundzwanzig. Es ist höchste Zeit, dass sie heiratet und zur Ruhe kommt. Wir hätten uns niemals mit ihrer Prüfung einverstanden erklären sollen."

„Keine Sorge", beruhigte sie der König. „Das alles wird schon noch. Sie wird sich verlieben, wenn sie dazu bereit ist. Der richtige Mann wird schon noch aufkreuzen."

KAPITEL XXII
ALARMSTUFE EINS

Bis der Frosch die Tore des Schlosses erreichte, verging sehr, sehr viel Zeit. Die Märchenfassung sagt, dass er einen Tag lang unterwegs war. Aber was einem Menschen wie ein einziger Tag vorkommt, kann im Bewusstsein eines kleinen Tieres ein Monat oder gar ein Jahr sein. Und außerdem sind die alten Geschichten ja bekannt für ihren nachlässigen Umgang mit der Zeit. Mit *Tag* bezeichnen sie nicht unbedingt die Zeitspanne zwischen einem Sonnenaufgang und dem nächsten, sondern etwas viel Ausgedehnteres, das unsere Verständnisfähigkeit überschreitet, etwas, das sich zu unserer Erfahrung von „einem Tag" verhält wie ein ganzer Berg zu einem kleinen Steinchen, das sich von ihm gelöst hat. Wenn im Buch Genesis also davon die Rede ist, dass es Abend und wieder Morgen wurde, der erste Tag überhaupt – obwohl es ja die Sonne bis zum vierten „Tag" noch gar nicht geben sollte –, so sehen wir das Urgestein der Sprache in einem Zustand geschmolzener Flüssigkeit und uns selbst Schulter an Schulter mit Adam im Garten Eden, noch ehe irgendetwas auf der Welt den richtigen Namen für sich entdeckt hatte.

Irgendwann aber kam der Frosch schließlich doch an. Eine riesige Stufe nach der anderen hüpfte er die Freitreppe aus Granit hinauf, die vom Wald in die französische Gartenanlage führte. Eine riesige Stufe nach der anderen hüpfte er die Freitreppe aus Granit hinauf, die von der französischen Gartenanlage zu den vorderen Eingangstoren des Schlosses führte. Nachdem er die Tore und den Vordereingang passiert und die Empfangshalle durchquert hatte, brach er, nahe der großen Eichentür zum Speisesaal, wie ein grünes Häufchen Elend keuchend zusammen.

Auf der anderen Seite der Tür, im prächtigen kobaltblau-violett ausgestatteten Speisesaal (er hatte der Königin einst das meiste Kopfzerbrechen bereitet und war schließlich zu ihrem größten Stolz geworden), saß die königliche Familie an dem kleinsten von vier Tischen. Nahe des

Durchgangs zur Küche war ein Streichtrio platziert und spielte mit verhaltener Leidenschaft eine Suite zum Diner. Der König saß am Kopfende des Tischs, die Königin zu seiner Rechten und die Prinzessin etwa zwei Meter von ihm entfernt zu seiner Linken, also nicht gerade in vertraulicher Nähe, aber doch so nahe, dass sie ihre Stimme nicht erheben musste. Ein Tischtuch aus edlem elfenbeinfarbenem Damast bedeckte die Intarsien des Mahagonitischs. Das komplette Tafelgeschirr war aus 24-karätigem Gold gearbeitet (und jedes Mal, wenn es eine größere Delle bekam, musste es eingeschmolzen und neu gegossen werden): die massiven Teller, die Kelche für Wasser und Wein, die schweren Messer, Löffel und dreizinkigen Gabeln, jedes Teil geprägt mit den königlichen Insignien Schlüssel und Schlange. Das Gold schimmerte im Schein der Kandelaber und war für den König und die Königin so normal und selbstverständlich wie Steingut und rostfreier Stahl es für unsereins sind, denn das Ausmaß der Sehnsüchte von uns Menschen ist ja äußerst dehnbar.

Das Menü gestaltete sich ebenfalls wie jeden Tag. Nach einem halben Dutzend Horsd'œuvres (heute waren auch Froschschenkel darunter) hatten drei livrierte Diener als Beginn des eigentlichen Diners drei goldene Teller mit Crêpes gebracht, die mit klein geschnittenem Hummer und Pfifferlingen gefüllt waren, dazu eine Flasche feinen Chardonnay. Der nächste Gang, der gerade vor fünf Minuten serviert worden war, bestand aus gebratenem Steinbutt in Champagner mit Lauch. Als Fortsetzung des Mahles – nach einem den Gaumen klärenden Zitronensorbet als Zwischengang – hatte der Küchenchef gedünstete Täubchen, gefüllt mit Steckrüben, Salbei und Entenstopfleber, vorgesehen sowie eine Lammkeule mit karamellisierten Endivien und Trüffelsauce, dazu eine Flasche alten Burgunder. Zum Abschluss würde es zu Käseplatte und Obst eine Flasche Champagner und einen Jahrgangsportwein geben und als Dessert einen üppigen Schokoladenkuchen mit Schokoladenmousse und/oder eine Apfel-Mandel-Tarte mit Bourbonvanilleeis. Man sieht: Der König und die Königin waren nicht gerade Kostverächter.

Die Konversation beim Essen nahm ihren gewohnten geistreichen und gelehrten Lauf, von der Philosophie über die Politik, die Architektur und die Stammbäume der königlichen Zuchthengste bis hin zu einer berühmten

Sammlung antiker Kameen, über deren Ankauf der König derzeit mit dem Herzog von Mailand verhandelte. Aber trotz der Unterhaltung herrschte im Geiste der Königin sozusagen Alarmstufe eins. Ihr war aufgefallen, dass die Prinzessin heute ungewöhnlich aufgekratzt war, was sie, zusammen mit dem Jucken in ihren eigenen Ohrläppchen, außerordentlich stutzig machte. Irgendetwas war mit der Prinzessin geschehen, da war sie sich ganz sicher. Und irgendetwas anderes würde bald geschehen. Was in aller Welt konnte das sein?

Das Gesicht der Prinzessin war immer recht lebendig, aber die Lebhaftigkeit, die die Königin jetzt darauf entdeckte, war von größerer Intensität – so als ob die Prinzessin bei all den Gesprächen über Philosophie, Kameen und Pferde schier platzen würde ob einer intellektuellen Entdeckung, die sie gerade gemacht hatte. Die Iris ihrer Augen, ein tiefes Umbrabraun, das sich zur Pupille hin immer mehr aufhellte, sprühte förmlich Funken. Die Königin hatte sie schon ein halbes Dutzend Mal in dieser Geistesverfassung gesehen und sie dabei stets mit einer Mischung aus Vergnügen, Sorge und Verständnislosigkeit betrachtet. Sie war aber in keinem dieser Fälle fähig gewesen, selbst auf Umwegen zu erfahren, woher die ganze Erregung kam. Schon als die Prinzessin noch ein Kind war, hatte es eine ganze Menge Takt und Selbstbeherrschung verlangt, nicht nachzufragen. Die Königin hatte es auch jetzt nicht vor.

KAPITEL XXIII

SERENADE

Ehe es Menschen gab, Säugetiere und gefiederte Vögel, als die Natur für Jahrmilliarden ihrem eigenen Schweigen lauschte und die einzigen Laute der Klang von Wind und Wasser und das gleichförmige Summen der Insekten waren, stieg aus dem Mund von Fröschen der erste Gesang der Erde zum Himmel auf. Und obwohl es seitdem melodiösere Gesänge gegeben hat (die Lieder von Nachtigall und Spottdrossel, von Delfin und Wal, von Bach, Mozart und Schubert), gibt es noch heute, da die Erde in Gefahr ist, da so viele Arten verschwunden sind, weil sie als die weißen Blutkörperchen dieses Planeten ihr Leben im Kampf gegen die Gier und Torheit der Menschen gelassen haben – gibt es also noch heute keinen Gesang, der unseren Respekt mehr verdient als der uralte Gesang des Frosches.

Die Frösche selbst glauben natürlich, dass ihr Gesang keinem anderen nachsteht. Was in unseren Ohren wie *ribbit* oder *brekekekek ko-ax ko-ax* klingt, ist für sie und wahrscheinlich auch für ein auf das Wesentliche lauschendes übermenschliches Ohr die schönste und sinnlichste aller Serenaden. Und deshalb erzählen uns die Frösche des Chores von Aristophanes in aller Bescheidenheit und doch mit großer Überzeugung, wie sehr all die Götter der Musik und Poesie sie begünstigt hätten:

Denn die Musen bedachten uns mit ihren süßen, herzerweichenden Stimmen;
und Pan, der Gott mit dem Bocksfuß, der im Wald auf dem Rohre flötet,
freut sich an unsrem Gesang; und Apollon selbst ist begeistert,
wenn wir an Flüssen und Teichen im Chore singen, da wir munter klettern
auf den Sumpfblumen oder uns sonnen auf grünen Seerosenblättern;
und sogar wenn es regnet und wir tief ins Wasser hinabtauchen,

hört man unsre Musik, die sprudelnd von unten heraufsteigt.

Der Frosch sitzt vor der großen Eichentür zum Speisesaal. Er weiß, dass die Prinzessin da drinnen ist. Er ist fest entschlossen, auf die Einhaltung ihrer Abmachung zu dringen, möchte sich aber auch nicht zu sehr aufdrängen oder kleinlich wirken. Ihm ist klar, dass sie noch immer diesen körperlichen Ekel vor ihm empfindet. Auf der anderen Seite hat sie ihn bisher nur sprechen gehört. Gesungen hat er noch nie für sie.

Er nimmt ein großzügiges Maul voll Luft. Er schließt den Mund und die Nasenlöcher. Er pumpt die Luft zwischen Lungen und Mund hin und her und presst dabei ein wenig durch die Schlitze unten in seinem Mund und in seine Schallblase, die sich wie ein Ballon aufbläht. Dann lässt er es kommen. Seine Stimme ist außergewöhnlich gut in Schuss heute. Die hinreißendsten Kadenzen und Triller entweichen seiner Kehle. Aus seinem Gesang sprechen all die Gefühle, die sein Herz fast zum Überlaufen gebracht haben: seine Liebe zur Prinzessin, seine Sehnsucht und seine Entmutigung, seine Verwirrung, seine absurde Hoffnung. Er fühlt sich belebt, inspiriert.

So singt er immer weiter und kommt kaum dazu, zwischendurch Luft zu schöpfen. Ein himmlisches Lied nach dem anderen tönt durch den Speisesaal, durch die Empfangshalle und die Wohngemächer, bis das ganze weite Schloss widerhallt und sogar die Luft draußen zu vibrieren beginnt.

KAPITEL XXIV

KÖNIG, KÖNIGIN, PRINZESSIN UND FROSCH

„Was ist das für ein fürchterliches Gequake?“, fragte die Königin.

„Wenn es nicht so unwahrscheinlich wäre“, meinte der König, „würde ich annehmen, dass da irgendein Frosch oder eine Kröte an der Tür ist.“ Er wandte sich der Prinzessin zu: „Weißt du, was da los ist?“

Die Prinzessin wurde rot. „Ja, Papá. Da ist ein Frosch an der Tür. Ich werde Euch alles später erklären.“

„Nun denn, Liebes“, meinte der König, „steh auf und tu etwas gegen den Lärm.“

„Ja, Papá“, antwortete die Prinzessin artig. Sie faltete ihre bestickte Damastserviette zusammen und legte sie neben ihren Teller. Ein Diener zog ihren Stuhl zurück, und sie stand auf, ging zur Tür und öffnete sie.

Der Frosch ließ die Luft aus seiner Schallblase. Er

verbeugte sich vor der Prinzessin und hüpfte über die Türschwelle. „Einen schönen Nachmittag“, sagte er mit vernehmlicher Stimme. „Ich hoffe, Euer Hoheit befinden sich wohl.“

„Danke“, sagte die Prinzessin. „Natürlich habe ich nicht erwartet, dich hier zu sehen. Es muss ein langer Marsch gewesen sein.“

„In der Tat, ein sehr langer Marsch“, meinte der Frosch. Dann sprach er den König an: „*Sire, je suis très-heureux de faire votre connoissance royale.*“ Mit einer tiefen Verbeugung wandte er sich der Königin zu: „Ihr ergebenster Diener, Majestät!“

Der König war verwirrt. Ganz offensichtlich handelte es sich hier um ein Unerklärliches Phänomen, und es fand nicht nur in seinem Königreich, in seiner Hauptstadt, in seinem Schloss, sondern hier inmitten seiner eigenen Familie statt. Sein Magen fing an, Karussell zu fahren, als wäre der Saal ein Schiff im Sturm. Andererseits schien der Frosch eine wohlerzogene Kreatur zu sein. Sein Französisch war tadellos. Es gab eigentlich keinen Grund, ihn nicht wie jedes andere intelligente Wesen zu behandeln, ihm nicht die gleiche Höflichkeit entgegenzubringen, die man einem Adeligen oder auch einem gebildeten Bürgersmann entgegenbringen würde. Obwohl der ganze Vorfall höchst unwillkommen war – es war in der Tat das Letzte auf der Welt, was er sich gewünscht hätte –, war sich der König doch bewusst: Nur wer auf alles vorbereitet ist und keine Erfahrung – und sei sie noch so unbegreiflich – von vornherein ausschließt, nur von einem solchen Menschen kann gesagt werden, dass er in Harmonie mit dem Tao lebt. Ja, der Meister „ist verfügbar für alle Menschen / und weist niemanden zurück, / er nutzt bereitwillig jede Situation / und nichts ist ihm gleichgültig." Der König hoffte inständig, dass er fähig sein würde, die Situation mit wenigstens einem Bruchteil dieser meisterlichen Würde zu bewältigen.

„Einen schönen Nachmittag, mein Herr", begrüßte er den Frosch mit einem wohlwollenden Kopfnicken. „Willkommen auf unserem Schloss."

Die Königin sagte gar nichts. Ihr Gesicht ebenso wenig.

Der König wandte sich ihr zu. „Liebling, unser Gast hat uns einen schönen Nachmittag gewünscht."

„Äh, ja", meinte die Königin und blinzelte, als wäre sie soeben aus einer tiefen Trance erwacht. „Guten Tag, mein Herr. Ich wünsche Ihnen einen guten Tag. Wie geht es Ihnen heute?“

„Ich bin sehr müde und sehr hungrig“, meinte der Frosch.

„In diesem Fall müssen Sie uns unbedingt beim Essen Gesellschaft leisten“, lud ihn der König ein. „Sie können neben meiner Tochter sitzen, da Sie sich ja offensichtlich bereits kennen.“

„Vielen Dank, Euer Majestät. Das ist sehr freundlich von Ihnen. Für eine Kleinigkeit zu essen wäre ich sehr dankbar.“

„Heb ihn hoch, Liebes“, sagte der König zur Prinzessin. „Trag ihn zu deinem Platz, und setz ihn neben dich auf den Tisch.“

Mit einem Schauder, den nur der Frosch bemerkte, tat die Prinzessin, wie ihr geheißen ward. Während sie zum Tisch zurückkehrte, läutete der König die kleine, goldene Tischglocke, die rechts neben seinem Teller stand.

Die Tür zur Küche öffnete sich, und heraus trat der Küchenchef, ein kleiner, knochiger Mann, ganz in Weiß mit einer seidenen Schürze. Er verbeugte sich, schritt zum Kopfende des Tisches und verbeugte sich noch einmal.

„Wir haben heute Abend einen Gast“, sprach der König.

Der Küchenchef drehte sich zur Prinzessin um, erblickte dort den Besucher und entgegnete in aller Seelenruhe: „Jawohl, Euer Majestät.“

„Ich kenne die Vorlieben unseres Gastes nicht“, meinte der König, „aber ich nehme doch an, dass *mouches à l'orange* nicht unwillkommen wären. Schicken Sie den Souschef nach draußen. Er soll ein Dutzend großer Fliegen fangen.“

„Ganz zu Euren Diensten, Euer Majestät“, entgegnete der Küchenchef mit einer Verbeugung. „Ich werde ein Gericht zaubern, das eines Königs würdig wäre.“

Zwanzig Minuten später, die man mit tief schürfendem Smalltalk über das Wetter in diesem Frühjahr überbrückte, wurde das Gericht gebracht und dem Frosch serviert. Auf einem kleinen, goldenen Teller schwammen in einem duftenden orangebraunen Meer, das von einem Archipel aus Brunnenkresse und gehacktem Knoblauch umgeben war, zwölf englisch gebratene Fliegen auf dem Rücken. Ihre knusprigen Beinchen ragten steil in die Luft.

Im selben Moment, als dieses Gericht auf den Tisch gestellt wurde, entfernten die Diener in perfekter Choreografie die Teller mit dem nunmehr erkalteten Steinbutt und ersetzten sie durch Teller mit gedünsteten Täubchen.

König und Königin griffen zu ihrem Besteck und fingen an zu essen. Nach dem zweiten Bissen wandte sich der König an den Frosch und fragte: „Warum fangen Sie nicht an, mein Herr? Entspricht das Gericht nicht Ihren Vorstellungen?“

„Ganz im Gegenteil, Majestät, es duftet ganz köstlich und sieht äußerst delikat aus. Aber Ihre Hoheit und ich haben eine kleine Verabredung getroffen. Ich wage jedoch nicht, das Thema von mir aus anzuschneiden.“

„Liebes, was will dieser Gentleman, äh, Gentlefrosch damit sagen?“, wollte der König wissen.

„Ach, Papá“, sagte die Prinzessin und wurde schon wieder rot. (Sie errötet ganz bezaubernd, dachte der Frosch bei sich.) „Es ist wahr. Dieser Frosch und ich haben eine ... eine Abmachung.“

„Was für eine Abmachung?“

„Tja, Papá, irgendwie ist mir meine goldene Kugel in den Brunnen gefallen, und dieser Frosch hat angeboten, sie mir zurückzuholen.“ Sie schlug die Augen nieder und fuhr mit gesenkter Stimme fort: „Zum Dank habe ich ihm versprochen ... Nun, ich habe ihm versprochen, ihn zu lieben und als meinen besten Freund anzunehmen und ihn von meinem Teller essen und aus meinem Becher trinken zu lassen und ...“ – hier wurde ihre Stimme endgültig brüchig – „... in meinem Bett schlafen zu lassen.“

„Was hast du versprochen?!“, entfuhr es der Königin.

„Ihre Hoheit hat versprochen, mich zu lieben und als ihren besten Freund anzunehmen, mich von ihrem goldenen Teller essen und aus ihrem goldenen Becher trinken zu lassen und mich in ihrem weichen Bett schlafen zu lassen“, mischte der Frosch sich ein. „Und deswegen warte ich darauf, dass sie diese, ich muss schon sagen, äußerst ansprechend angerichteten *mouches* auf ihren Teller hinüberlegt, oder wenigstens auf den Tellerrand.“

„Was hast du versprochen?!!“, rief die Königin noch einmal. Der Grad ihrer Erregung schien noch gestiegen.

„Bitte, reg dich nicht auf, Mamá!“, sagte die Prinzessin. „Du weißt, wie viel mir meine goldene Kugel bedeutet. Der Frosch wollte sie mir wiederholen, wenn ich auf seine Bedingungen einginge. Es schien mir die einzige Lösung zu sein.“

„Es geht gar nicht darum, ob das die einzige Lösung

war oder nicht“, sagte der König. „Tatsache ist ... Tatsache ist ... Ach, sei doch so gut und reiß dich ein wenig zusammen, Liebling ...“ Gerade nämlich entrang sich der Kehle der Königin ein Laut, der irgendwo zwischen Schrei und Schluchzer lag.

„Tatsache ist“, sagte der Frosch, „dass Ihre Hoheit mir ein Versprechen gegeben hat.“

„Genau“, fuhr der König fort. „Sie haben den Nagel auf seinen sprichwörtlichen Kopf getroffen. Ob dieses Versprechen hätte gegeben werden dürfen oder nicht, ist völlig irrelevant. Ob die Entscheidung Ihrer Hoheit, es zu geben, vernünftig war oder nicht, ist ebenso irrelevant. Tatsache ist, dass sie ihr Wort gegeben hat. Unser Wort ist das Lebensblut unserer Ehre, die wahre Seele unserer moralischen Integrität. Und wenn wir, die wir sowohl das Fundament als auch die Spitze der Gesellschaft darstellen, unser Ehrenwort nicht halten, kann darauf nur eine Katastrophe folgen – eine Katastrophe, viel schlimmer als die unbedeutenden Desaster, die die Natur so mit sich bringt und von denen man sich körperlich und moralisch immer wieder erholen kann. Wenn wir, die wir im Einklang mit unserer heiligen Ehre leben und sterben, es versäumen, unser Ehrenwort zu halten, sei es nun ganz feierlich oder eher nebenbei geleistet worden, würden sich die Bande, die unsere Gesellschaft zusammenhalten, auflösen: Der Adel würde den Mut sinken lassen, das Bürgertum könnte sich nicht länger von unserem Beispiel leiten lassen, die Armen würden nicht mehr länger von uns träumen, der Nachbar würde den Nachbarn betrügen, der Mann sein Eheweib belügen, und die ganze Gemeinschaft der Menschen würde sich in einen Haufen grunzender Tiere verwandeln. Oh – Verzeihung!"

„Ich nehme das nicht persönlich", entgegnete der Frosch. „Die Eloquenz Eurer Majestät würde noch das gefährlichste Untier besänftigen."

„Vielen Dank, mein Herr", meinte der König. „Ein äußerst galantes Kompliment."

„Könnte ich kurz unterbrechen, Papá?", meldete sich die Prinzessin zu Wort.

„Ja, Liebes", sagte der König. „Sprich nur!"

„Ich hatte niemals vor, mein Versprechen nicht zu halten", sagte die Prinzessin.

„Aber warum seid Ihr dann vor mir fortgelaufen?", wollte der Frosch wissen. „Ihr habt mich am Brunnen zurückgelassen, und es hat mich eine furchtbar lange Zeit gekostet hinterherzukommen."

„Das tut mir Leid. Wirklich. Aber ich war gestern so glücklich, dass ich einfach nur feiern wollte."

„Und was ist mit deinem Versprechen?", fragte der König.

„Ich hatte immer vor, es zu halten. Das kannst du mir glauben. Ich brauchte nur zuerst etwas Zeit, um mich darauf einzustellen. Schließlich beinhaltete unsere Verabredung nicht, dass alles sofort geschehen müsste."

„Ist das wahr?", fragte der König den Frosch.

„Ja, Euer Majestät, das war tatsächlich nicht ausgemacht. Aber mit Ihrer gnädigen Erlaubnis würde ich doch noch gerne meine Version der Geschichte vortragen."

„Das sollten Sie auf jeden Fall tun, mein Herr", sagte der König. „Fahren Sie fort!"

„Wenn *ich* mal unterbrechen dürfte ...?", meinte die Königin.

„Unser Gast hat zuerst ums Wort gebeten, Liebling", sagte der König. „Es ist nur höflich, ihn ausreden zu lassen. Danach darfst du sagen, was immer du möchtest."

Die Königin nickte. Sie sah todunglücklich drein.

„Der Fall liegt folgendermaßen, Euer Majestät", begann der Frosch. „Es ist nun schon eine Weile her, dass ich mich in Eure Tochter verliebte. Natürlich ist mir klar, dass ich im Großen und Ganzen ihrer nicht würdig bin und dass sie in einer weit höheren Sphäre lebt als ich. Auf der anderen Seite bin ich ein ... wie soll ich sagen, ein äußerst entschiedener Bursche. Ich habe zahlreiche Tugenden, die man mir äußerlich nicht sofort ansieht. Und ich glaube, dass ich Ihrer Hoheit eine ganze Menge zu bieten habe."

„Würden Sie sich die Mühe machen, das etwas genauer zu erläutern?", bat der König.

„Nur ungern, Euer Majestät, wenn Sie gestatten. Ihre Hoheit ist sich sehr wohl bewusst, was ich zu bieten habe. Die Prüfung mit den drei Kugeln – ein gewisser Fuchs hat mir davon erzählt – wäre für mich eine reine Formalität. Ich wüsste, welche Kugel ich zu wählen hätte."

„Das klingt nach einem Heiratsantrag", sagte der König.

„Es war und ist ein Heiratsantrag", bekräftigte der Frosch. „So viel steht fest."

Ein erneuter Schrei/Schluchzer entrang sich der Kehle der Königin.

„Schließ die Augen, Liebling“, sagte der König, „und atme tief durch! Du bist an der Reihe, sobald unser Gast fertig ist.“

„Lassen Sie mich Ihnen genau schildern, was am Brunnen passiert ist“, fuhr der Frosch fort. „Ihre Hoheit war völlig am Boden zerstört, die Arme, und weinte sich die Augen aus. Man hätte wahrlich sehr hartherzig sein müssen, um nicht vor ihr niederzufallen und ihr anzubieten, was immer in der Welt ihren Schmerz mildern mochte. Ich war mir nicht sicher, ob ich ihre goldene Kugel zurückbringen könnte, aber ich hätte mein Leben dafür aufs Spiel gesetzt. Und ich hätte noch viel mehr für sie getan, wenn sie mich darum gebeten hätte. Ich wäre bis ans Ende der Welt gehüpft, hätte mich auf die Suche nach goldenen Schlüsseln begeben, böse Zauberer überlistet, ganze Berge von Getreide gelesen und das gesamte Tierreich aufgerufen, mir zu helfen, welche Aufgabe auch immer man mir zugedacht hätte. Denn so tief ist meine Liebe zu ihr, und so sicher bin ich mir auch, dass wir füreinander bestimmt sind.“

„Aber warum haben Sie dann eine Bedingung an Ihre Liebe geknüpft?“, wollte der König wissen.

„Ja, warum musstest du mir diesen Handel aufzwingen?“, sagte die Prinzessin, und ihre Stimme glühte vor Erregung.

„Es schien mir der einzige Weg zu sein, das zu erreichen, was einfach geschehen *musste*“, entgegnete der Frosch. „Ich weiß, dass ich später dafür bezahlen werde. Aber ich weiß auch, dass Eure Wut besänftigt wird, je mehr Eure Liebe zu mir wächst. Die Liebe besänftigt alles, außer unseren Sinn für Integrität.“

„Hm“, meinte der König. „Das muss ich mir in mein Aphorismenbüchlein schreiben. Ich weiß nicht, ob es wirklich tiefsinnig ist, aber es *klingt* auf jeden Fall so. Ist es Ihnen denn gelungen, die goldene Kugel zurückzubringen?“

„Ja. Es war eine schwierige Aufgabe, aber keine unmögliche. Ich war stolz auf mich. Und ich schätzte mich glücklich für Ihre Hoheit. Aber nach einer kurzen Feier und einem noch kürzeren und nicht völlig zufrieden stellenden Kuss drehte sie sich auf dem Absatz um und lief davon. Mir ist klar, dass sie etwas Zeit brauchte, um sich zu vergegenwärtigen, was passiert war. Aber wenn ich ganz vorsichtig Kritik an jemandem äußern darf, den ich ansonsten über alles schätze: Es scheint doch ein wenig unhöflich von ihr, mich nicht vorher davon unterrichtet zu haben. Sie hätte ja einfach sagen können: ‚Schau, Frosch – sie nennt mich nämlich Frosch –, ich brauche ein wenig Zeit für mich, um über alles nachzudenken. Wie wär's, wenn wir uns morgen wieder hier treffen? Ich werde dich so bald wie möglich aufs Schloss bitten und meinen Eltern vorstellen, und ab dann werden wir gemeinsam essen, trinken und schlafen.' Das wäre doch die angemessene Vorgehensweise gewesen, glauben Sie nicht, Euer Majestät?"

„Doch, das glaube ich", gab der König zu. „Da haben Sie natürlich Recht."

„Nun, so liegen die Dinge aus meiner Sicht", meinte der Frosch. „Ich hoffe, Euer Majestät halten es für angebracht, mir die Hand Eurer Tochter zu versprechen." Er wandte sich der Königin zu: „Und ich hoffe, Ihr seid ebenfalls damit einverstanden, Euer Majestät?"

„Ich tue ... ich tue wirklich mein Bestes, die Fassung zu bewahren", stotterte die Königin. Tiefe Sorge ließ ihre Nervenstränge wie ein Puppenspieler tanzen.

„Wunderbar, Liebling", meinte der König. „Mehr kann wirklich keiner von dir verlangen."

„Aber es ist nicht gerade einfach, hier zu sitzen und

mit anzusehen, wie die Ereignisse – *unerklärlich* ist gar kein Ausdruck dafür! – so schnell völlig außer Kontrolle geraten." Sie hielt einen Moment inne, bevor sie sich an den Frosch wandte. „Nun, mein Herr, lassen Sie mich als erstes sagen, dass Sie eine vorzügliche Persönlichkeit ... äh, Kreatur zu sein scheinen. Ich habe rein gar nichts gegen Sie als Person."

„Als Frosch", verbesserte der König sie.

„Als Frosch. Ihre Liebe zu meiner Tochter und Ihre Charakterstärke ergreifen mich zutiefst. Ich wünsche Ihrer Hoheit nämlich nichts mehr, als dass sie einen guten Mann finden möge, der sie aufrichtig liebt. Aber genau hier liegt das Problem. Sie sind kein Mann. Sie sind ein Frosch."

„Das wissen wir bereits, Liebling", warf der König ein.

„Papá ...", unterbrach die Prinzessin.

„Einen Moment", meinte die Königin. „Wir alle wissen das, auch wenn wir gerade so tun, als ob wir es nicht wüssten. Haben wir denn auch nur einmal daran gedacht, uns die Konsequenzen einer solchen ... Verbindung auszumalen? Ich hätte nicht das geringste Problem damit, das versichere ich Ihnen, wenn Ehe nur einfach Kameradschaft bedeutete. Schließlich bist du alt genug, [sie sprach an dieser Stelle die Prinzessin mit ihrem Vornamen an], deine eigenen Entscheidungen zu treffen, und sobald ich mich von der Loyalität und Herzensgüte deines zukünftigen Ehemanns überzeugen könnte, wäre damit der Fall erledigt. Natürlich hätte ich mir jemanden gewünscht, der ein bisschen größer ist, eine Idee weniger ... grün."

„Das tut mir aufrichtig Leid, Euer Majestät", meinte der Frosch.

„Das braucht es nicht, das braucht es nicht", entgegnete die Königin. „Es geht gar nicht um Ihre äußere Erscheinung. Zumindest hat es sehr wenig damit zu tun. Aber Tatsache ist doch, dass Ehe weit mehr bedeutet als Kameradschaft. Sie bedeutet ja auch Kinder – oder zumindest die Möglichkeit, welche zu bekommen."

„Und diese Aussicht beunruhigt Euer Majestät?", fragte der Frosch.

„Mein lieber Herr", sagte die Königin. „Ich versuche, die ganze Angelegenheit liberal zu sehen. Ich bin weder von meinem Naturell noch von meiner Erziehung her eine Frau, die die Welt aus einem engen Blickwinkel betrachtet oder die ihre Vorurteile – so sie welche hat – die Vorherrschaft über den Verstand ergreifen lässt. Mag es mir auch nicht immer gelingen, vernünftig zu sein, so bemühe ich mich doch stets darum. Natürlich stimmt es, dass ich mir meinen zukünftigen Schwiegersohn als groß, attraktiv und von französischer Herkunft ausgemalt habe. Und wenn schon kein Franzose, so doch zumindest Westeuropäer. Und wenn schon kein Westeuropäer, so doch zumindest ein Mensch. Das mag ein wenig kurzsichtig von mir gewesen sein, aber vielleicht doch verständlich. Ich kann mich von diesen Vorstellungen natürlich verabschieden und mir Mühe geben, mein Verständnis von Ästhetik auch auf das auszuweiten, was bei Ihrer Art als ein besonderes Zeichen von Schönheit gewertet werden mag: der genaue Winkel vielleicht, in dem Ihre Augen aus dem Kopf hervorstehen, oder der Grad der Durchsichtigkeit Ihrer feuchten, weißen Kehle."

„Das ist sehr freundlich von Euch, Euer Majestät", sagte der Frosch mit einer kleinen Verbeugung. „Obwohl ich zu bezweifeln wage, dass ich – sogar unter Fröschen – ein besonders attraktives Exemplar darstelle."

„Das ist nicht der Punkt", meinte die Königin. „Der Punkt ist, dass Sie eine Person ... ein Geschöpf ... von Charakter sind, und ich würde mich glücklich schätzen, Sie in meiner Familie willkommen zu heißen und Ihnen meinen aufrichtigen Segen zu erteilen, wenn da nicht die Frage des Nachwuchses wäre."

„Und was genau hast du da einzuwenden, Liebling?", fragte der König.

„Liegt das nicht auf der Hand?"

„Ich fürchte, nein", meinte er. „Ich jedenfalls weiß nicht genau, worauf du hinauswillst."

„Du lieber Himmel!", seufzte die Königin. „Mal dir das doch einmal aus! Meine Enkelkinder – *unsere* Enkelkinder – wären halb Mensch, halb Frosch!"

„Richtig", sagte der König. „Das ist sicherlich richtig. Trotzdem, so scheint mir, stellt das keine unüberwindliche Schwierigkeit dar. Sie werden, das weißt du, eine Mutter und einen Vater von vorzüglichem Charakter und großem Herzen haben. Schon Plinius sagt uns, dass Frösche, wie Biber, Seehunde und andere Amphibien, äußerst vielseitige Kreaturen sind. Ich jedenfalls würde es vorziehen, wenn unsere Tochter diesen Frosch heiratet statt zum Beispiel einen der beiden älteren Söhne des Königs von Wittenberg, diese nichts sagenden Schönlinge."

„Die zufällig schon tot sind", warf die Königin ein.

„Hm, da hast du Recht. Aber vielleicht verstehst du,

was ich meine. Die Haut dieses Frosches mag zwar grün sein, die Farbe seines Herzens aber ist Rot."

„Tatsache ist trotzdem, dass unsere Enkelkinder Monster sein würden", sagte die Königin.

„Monster?", meinte der König erstaunt. „Da bin ich mir nicht so sicher. Es gibt ja nichts, was eindeutig gut oder schlecht ist, außer es wird durch das, was wir denken, dazu gemacht. Vielleicht entpuppen sie sich als ausgesprochen hübsche Kinder. Die Meerjungfrauen zum Beispiel, die halb Mensch, halb Fisch sind, werden ihrer Schönheit wegen gerühmt. Ich sehe nicht ein, warum Kinder mit dem Oberkörper unserer Tochter und dem Unterkörper unseres Schwiegersohnes weniger ansprechend sein sollten."

„Aber wer garantiert uns", sagte die Königin, „dass die Natur es so einrichten würde? Genauso wahrscheinlich ist doch, dass sie den Unterkörper unserer Tochter und den Oberkörper unseres Schwiegersohnes haben. In beiden Fällen wären sie jedoch Launen der Natur, die armen Geschöpfe. Genau wie diese verhaltensgestörten und stets unzufriedenen Satyren. Oder wie Pasiphaes rasender Sohn, der Minotaurus."

„Darf ich jetzt etwas sagen?“, fragte die Prinzessin.

„Ja, natürlich, Liebes“, sagte der König, „aber lass doch erst deine Mutter und mich unsere Diskussion beenden.“ Erneut wandte er sich der Königin zu: „Auf der anderen Seite gibt es da noch das Beispiel von Cheíron. Ich würde mich für äußerst gesegnet halten, wenn eines meiner Enkelkinder nur halb so exzellent geraten würde wie dieser höchst exzellente Kentaur.“

„Das ist wahr. Daran hatte ich ja gar nicht gedacht. Wie stolz seine Großeltern doch gewesen sein müssen!“

„Ich frage mich, ob sie jemals seine Schule hoch oben auf dem Peliongebirge besucht haben, in der er Astronomie, Musik, Botanik und Heilkunst lehrte. Und welch außergewöhnliche Schüler er dort um sich versammeln konnte! Herakles, Jason, Odysseus, Theseus, Achilles. Und als er starb, wurde er zu einem deutlich erkennbaren Sternbild, das den engsten Nachbarn unseres Sonnensystems im Weltall enthält: Alpha Centauri, den dritthellsten Stern am Firmament. Nur Sirius und Kanopus strahlen noch heller.“

„Ich sehe, was du meinst“, sagte die Königin. „Vielleicht geht ja doch nicht aus allen Mischehen problematischer Nachwuchs hervor. Vielleicht steigere ich mich ja nur in etwas hinein."

„Und die ägyptischen Götter haben wir noch gar nicht erwähnt", meinte der König. „Sie liefern ja ein noch leuchtenderes Beispiel von der Erhabenheit des Halb-Menschlichen. Da sind unter anderen: Anubis, der Sohn der Osiris, halb Schakal, halb Mensch, der die Seelen in das Reich der Toten geleitet; Hathor, die kuhköpfige Göttin der Liebe und der Heiterkeit; Sekhmet, die Sonnengöttin, Frau und Löwin in einer Person; und der Gott des Lichtes, Horus, mit seinem glühäugigen Falkenkopf. Welcher zusätzlichen Beweise bedürfte es da noch?"

„Ja, ja", sagte die Königin. „Und irgendwie ist es doch alles sehr sonderbar. Ich kann mir nicht helfen, aber ich bin doch ein wenig enttäuscht. Ich hätte einen Valois oder Montmercy als Schwiegersohn irgendwie vorgezogen. Womöglich einen mit wohlgeformten Beinen."

„Aber, aber, Liebling", tadelte sie der König. „Nach dem, was wir hier gerade als Vorspeise hatten, ist das wirklich keine taktvolle Bemerkung."

„Ich bitte um Verzeihung, mein Herr", entschuldigte sich die Königin.

„Majestät!“ Der Frosch machte eine knappe Verbeugung.

„Selbst wenn unser Enkelkind ein Monster sein sollte, wie du es zu nennen beliebst, könnte es sich als ein Cheíron oder Horus entpuppen“, meinte der König.

„Aber ein Falkenkopf auf unserem Enkelkind strahlt noch eine gewisse Würde aus“, sagte die Königin, „eine gewisse Eleganz, die sein Erscheinen bei Hofe nicht völlig unmöglich machen würde. Ein Falkenkopf ist eine Sache, ein Froschkopf eine ganz andere.“

„Aber Liebling“, widersprach der König, „ein Froschkopf wäre auch nicht lächerlicher als der hagere Kopf eines Ibis mit seinem langen Schnabel, den Thot mit Stolz trägt. Der Meister von Weisheit und Magie. So versiert, wie du im Tao-Te-King bist, solltest du es wirklich besser wissen. ‚Erst wenn die Menschen bestimmte Dinge als schön ansehen, / werden andere Dinge hässlich.‘“

„‚Die Dinge erstehen, und der Meister lässt sie kommen‘“, sprach die Königin langsam und verträumt, „‚die Dinge verschwinden, und der Meister lässt sie ziehen‘. Du hast Recht. Ich nehme alles zurück, einschließlich meiner Bedenken. Unser Enkelkind kann mit ebenso großer Wahrscheinlichkeit weise werden, als wenn es zwei Menschen als Eltern hätte."

„Und mit ebenso großer Wahrscheinlichkeit ein Narr", fügte der König hinzu.

„Papá, kann ich jetzt endlich etwas sagen?", fragte die Prinzessin erneut.

„Ja, wir sind fertig. Was willst du denn die ganze Zeit sagen?"

„Also, Papá, es ist sehr liebenswürdig von euch, dass ihr ein so tiefes Interesse am Wohlergehen meiner künftigen Kinder zeigt, und deine und Mamás Sorgen rühren mich ebenso, wie sie mir auf den Wecker gehen. Aber das Wichtigste an der ganzen Sache habt ihr nicht verstanden, und deswegen ist die ganze Diskussion für die Katz."

„Was meinst du damit?", fragte der König.

„Was ist das Wichtigste an der ganzen Sache?", fragte die Königin.

„Dies mag ja auf den ersten Blick wie eine Mischehe aussehen ...", begann die Prinzessin.

„Das tut es allerdings", meinte der König und sah von der Prinzessin zum Frosch und wieder zur Prinzessin. Die Königin nickte.

„Aber in Wirklichkeit ist dieser Frosch ein menschliches Wesen. Ja sogar ein Prinz“, sagte die Prinzessin.

„Ist das wahr, mein Herr?“, fragte der König.

Der Frosch zuckte mit seinen nicht sehr ausgeprägten Schultern. „Ihre Hoheit ist überzeugt davon“, meinte er. „Ich selbst kann es allerdings kaum glauben.“

„*Natürlich* stimmt es“, beharrte die Prinzessin. „Und ihr könnt alle aufhören, euch über Kinder Gedanken zu machen. Für unsere Ehe – denn das ist es tatsächlich, wozu ich eingewilligt habe – gibt es zwei Möglichkeiten: Entweder der Frosch wird wieder er selbst, oder er weigert sich, wieder er selbst zu werden. Im ersten Fall werden unsere Kinder ganz und gar menschlich sein und ohne Zweifel auch schön. Im zweiten Fall könnt ihr alle ganz sicher sein, dass ich Seiner Sturen Hoheit nie und nimmer erlauben werde, mir körperlich nahe zu kommen, solange er ein Frosch bleibt. Allein schon der Gedanke! Igitt!“

„Dann wird es also gar keine Enkelkinder geben?“, erkundigte sich die Königin.

„Auf jeden Fall keine, die halb Frosch, halb Mensch sind.“

„Aber was ist mit deinem Versprechen, ihn in deinem Bett schlafen zu lassen?"

„Das werde ich halten. Er kann am Rand der Matratze schlafen."

„Aber die Formulierung *in deinem Bett schlafen* ist doch sicher metaphorisch gemeint", warf die Königin ein.

„Das mag in einem Gedicht der Fall sein, Mamá, aber nicht in einem Vertrag. Wenn Monsieur Frosch etwas anderes gewollt hätte, dann hätte er auch danach fragen müssen."

„Du hast Recht", sagte der König. „Du musst das erfüllen, was du versprochen hast, aber du bist nicht verpflichtet, darüber hinaus etwas zu tun."

„Bist du ganz sicher, dass du es dir nicht noch einmal überlegen willst?", fragte die Königin. „Schließlich ist er ein wirklich annehmbarer Bursche, wenn man sich einmal an ihn gewöhnt hat. Und da sowohl die Ahnen deines Vaters als auch meine seit tausend Jahren ziemlich groß sind, würde der Größenunterschied bei euren Kindern ohne Zweifel nicht besonders ins Gewicht fallen."

„Nein, Mamá. Ich weiß zwar, wie sehr du dir Enkelkinder wünschst, aber ich werde da keinen Kompromiss eingehen."

„Dann bist du wirklich eine Träumerin“, meinte die Königin. „Und dazu ein dummes Ding. Wie kannst du annehmen, dieser gute Frosch sei etwas anderes, als er nach außen zu sein scheint?“

„Na, na, Liebling“, meinte der König. „Bitte reg dich nicht wieder so auf. Wir haben heute eine ganze Menge durchgemacht und sind alle ein wenig nervös.“

„Euer Majestät“, meldete sich der Frosch, „dürfte ich noch kurz etwas anmerken?“

„Aber natürlich“, entgegnete der König.

„Entschuldigen Sie, dass ich es erwähne“, sagte der Frosch, „aber ich bin fast ohnmächtig vor Hunger.“

„Du lieber Himmel“, rief der König, „wie unendlich unaufmerksam von uns. Wir müssen dieses Gespräch unterbrechen, bis unser Gast sein Teil gegessen und getrunken hat. Und auch mir könnten ein paar Schluck Burgunder jetzt gar nicht schaden.“

Es folgte Stille. Der Frosch beugte sich zum Teller der Prinzessin hinüber und beobachtete tief gerührt, wie sie die erste Fliege auf die Spitze ihres goldenen Löffels schob.

KAPITEL XXV

ÜBER VERSPRECHEN

Unsere Geschichte drängt nunmehr ihrer Auflösung entgegen. Der Frosch isst gerade vom Teller der Prinzessin und trinkt aus ihrem Becher, König und Königin arbeiten sich in gedankenschwerem Schweigen durch neue, warme Portionen von Täubchen, dann durch das Lamm, den Käse, das Obst, den üppigen Schokoladenkuchen, die mit Eis gekrönte Apfel-Mandel-Tarte und die luxuriösen Weine, die das Aroma jedes Ganges aufnehmen und mit ihm spielen. Ich dagegen möchte noch etwas zur Haltung der Prinzessin gegenüber ihrem Versprechen und über die Natur von Versprechen im Allgemeinen sagen.

Wenn Ihnen jemand verspricht, etwas zu tun, dann erklärt er damit, dass er bei seinem Wort bleiben will. In gewissem Sinne erklärt er sogar, dass er *in* seinem Wort bleiben will – dass nämlich die Handlung bereits ausgeführt ist und nur die Zeit zwischen der Ausführung und seiner Erklärung steht. Erklärung und Ausführung sind nicht zwei voneinander getrennte Dinge, sondern nur zwei Stadien ein und derselben Sache, so wie Kind und Erwachsener. Wenn Ihnen also jemand ein Versprechen macht, versichert er Ihnen, dass, egal wie die Welt sich ändern mag, sein Wort sich nicht ändern wird. Und so schafft er bereits in der Gegenwart die Zukunft.

Mehr noch sogar: Er schafft die Gegenwart in der Gegenwart. Er installiert einen festen Punkt im ewigen Fluss der Dinge. Das ist ebenso sehr ein ästhetischer Akt wie ein moralischer. Denn wie sehr sich ein Kunstwerk seinen eigenen Regeln unterwirft, ist ein Maß für seine Integrität.

Was das Versprechen eines Menschen an Sie erst möglich macht, ist sein Versprechen an sich selbst. Indem jemand weiß, dass er sein Wort halten wird (und nicht bloß, dass er alles in seiner Macht Stehende tun wird, um es zu halten), hat er sich selbst eines der wertvollsten Geschenke überhaupt gemacht: die Freiheit vom „Ich kann nicht“. Das heißt, die Freiheit, zu der Person zu werden, die fähig sein wird, ihr Wort zu halten. Diese Freiheit ist unabdingbar für die Ehe, die ja auf dem Zusammentreffen zweier Versprechen gründet und gleichzeitig ein solch schwieriges und gefährliches Abenteuer ist, dass keiner es je begonnen hätte, wenn er das vorher gewusst hätte. In Zeiten der Krise, wenn jemand davon überzeugt ist, dass er sein Versprechen nicht halten kann, und sich doch bis über die Grenzen dessen hinaus, der er zu sein glaubt, verpflichtet fühlt, wird das Versprechen schließlich zur Eingangspforte in die Tiefen der eigenen Seele.

Die Prinzessin hat keinen Hunger. Sie rührt das Täubchen kaum an und nimmt auch von den anderen Gängen nur ein paar Anstandsbissen zu sich. Von Zeit zu Zeit sieht sie, wie die Zunge des Frosches herausschnellt und eine Fliege vom Rand ihres Tellers schnappt. Aber in Wirklichkeit ist sie mit ihren Gedanken ganz woanders.

Sie hat versprochen, ihn zu lieben. Und als sie so dasitzt, beginnt ihr das Ausmaß dieses Versprechens zu dämmern: ein Licht am Horizont ihres Verstandes. Bis jetzt war ihr nicht bewusst, wie sehr sie ihn bereits liebt. Wann hat das angefangen? Am Brunnen, mit seiner ersten so liebevoll gestellten Frage? Aber wessen Herz würde sich zu jemandem, der in so vielerlei Hinsicht so bewundernswert ist, nicht hingezogen fühlen? Bewundernswert, fähig, mitfühlend, ein Finder auf ewig verloren geglaubter Dinge. Und wie stark seine Liebe zu ihr ist. Wie sehr sie das Feuer seiner Entschlossenheit rührt, seine Ausdauer im Überwinden so vieler Hindernisse, nur um zu ihr zu gelangen. Seine Bescheidenheit. Seine Redegewandtheit. Und wie geschickt er im Umgang mit ihren beiden Eltern ist, nicht aalglatt oder völlig verschüchtert wie einige der anderen Freier, sondern voller Respekt, höflich und doch genau im richtigen Maß bestimmt. Und eigentlich ist er auch gar nicht so hässlich, wie es ihr anfangs schien; nein, er ist sogar ein ziemlich attraktiver Bursche, wenn man sich einmal an ihn gewöhnt hat, wie die Königin in ihrer wohlmeinenden und manchmal etwas umständlichen Art bemerkte.

Aber was für eine Liebe hat sie ihm versprochen? Zuerst natürlich *Philia*, die freundschaftliche Liebe. So viel ist klar: ihn zu lieben und als ihren besten Freund anzunehmen. Die entscheidende Frage ist natürlich, wie sie sich als seine Freundin benehmen soll, und damit muss sie sich in Kürze befassen, das weiß sie. Sie muss irgendwie ihre Vision davon, wer er wirklich ist, noch vertiefen, damit er selbst sie auch erkennen kann. Es kann doch nicht sein, dass er sich damit abgefunden hat, den Rest seines Lebens in diesem Froschkörper zu verbringen. Sie muss die Vision *für ihn* aufrechterhalten. Aber wie? Nun, zuerst einmal muss sie ihre Irritation ablegen und aufhören, so zu tun, als sei seine Weigerung, ein Prinz zu werden, persönlich gemeint. Im Grunde ist es ja gar keine Weigerung, sondern nur ein Mangel an Fantasie. Wenn sie erst einmal aufgehört hat, das persönlich zu nehmen, wird ihre Absicht viel klarer werden. Und sie wird sich viel mehr als echte Freundin benehmen können: ohne jedes eigennützige Interesse und ausschließlich zu seinen Gunsten. Ihre Worte werden dann ein klarer Spiegel sein, in dem er sich selbst erkennen kann.

Und dann *Agape*: Sie ist sich sicher, dass sie ihm auch diese Art der Liebe versprochen hat, die an die äußeren Bereiche der *Philia* grenzt. Jemanden nach dem Verständnis des Tao lieben, so als ob keine Vergangenheit oder Zukunft existierte. Auch die Agape verlangt nach einer Korrektur ihrer Haltung. Jemanden so zu lieben heißt, sich klar zu machen, dass er vollkommen ist und jeder offensichtliche Mangel, jede Unzulänglichkeit nicht mehr als eine optische Täuschung. Keine Zukunft bedeutet, dass es keinen Prinzen gibt oder dass der Prinz sich bereits im Frosch offenbart. Das wird schwierig für sie, aber es ist nicht unmöglich. Beide Sichtweisen zu vereinen: dass der Frosch, koste es, was es wolle, ein Prinz werden muss und dass er, so wie er ist, bereits vollkommen ist. Aber sie hat diese doppelte Sichtweise bereits geübt und weiß, dass es wie der Blick aus zwei Augen ist, wenn man zwei gegensätzliche Sichtweisen in sich vereint – nämlich der einzige Weg, auch in die Tiefe zu schauen.

Aber was ist mit der sinnlichen Liebe? Das ist die Crux an der Sache. Diese Art von Liebe hat sie nicht versprochen – wirklich nicht. Es ist nicht die Liebe, die sie *hätte* versprechen können, denn keine Art von Energie ist unabhängiger und weniger dem Willen unterworfen als der *Eros*. Und in einer anderen Situation – wenn der Frosch und sie einfach nur die allerbesten Freunde sein und ihre kleinen Geheimnisse und Interessen teilen könnten (wo seine Interessen liegen, kann sie jetzt noch nicht ermessen), wenn sie miteinander spazieren gehen, sich der Lektüre widmen und singen könnten – dann würde das Nichtvorhandensein von *Eros* nicht im Geringsten ein

Problem darstellen. Aber auch hier hat ihre Mutter wieder Recht: *In deinem Bett schlafen* klingt in gewisser Weise metaphorisch. Sie hat diese Vereinbarung nicht nur mit einem Frosch, sondern auch mit einem Prinzen getroffen. Wenn ihre Liebe vollendet und dies eine tatsächliche Ehe sein soll, sie Mann und Frau, nicht Frosch und Frau werden sollen, dann muss früher oder später dem *Eros* Einlass in ihr Schlafzimmer gewährt werden. Sie weiß nicht, wie das gehen soll. Und da sie zudem noch Jungfrau ist, kann sie auch nicht behaupten, ihre eigene Sexualität wirklich zu kennen. Zwar hat sie eine vage Ahnung von der unerforschten körperlichen Wildheit, die in ihr schlummert. Aber so sehr sie es auch nötig hätte, diesbezüglich ihre Grenzen auszutesten, hat sie doch nicht die geringste Absicht, das mit einem glitschigen kleinen Tier zu tun.

Vor ihr steht unberührt die Apfel-Mandel-Tarte. Ein livrierter Diener erscheint am Tisch, und aus einem goldenen Schnabel, der einem Schwanenhals nachempfunden ist, ergießt sich ein Strom von schwarzem abessinischem Kaffee in ihre Tasse. Sie greift nach einem Stück Zucker und lässt es in den Kaffee plumpsen. Dann streckt sie ihre Hand nach der Sahne aus.

KAPITEL XXVI

MONDSCHEIN IM SCHLOSS

Es ist Nacht geworden. Die Kandelaber sind gelöscht. Der Vollmond scheint durch Fenster und Türspalte ins Schloss herein. Die riesigen Gobelins in der Empfangshalle, die Waffenrüstungen, die Raffaels und Tizians an den Wänden, die Perserteppiche, die geometrischen Muster der Parkettböden, alles ist überflutet von Mondlicht. Der letzte Diener hat die letzte Kerze ausgedrückt und sich gähnend ins Bett getrollt. Auf der großen Marmortreppe ist niemand – außer Ihnen und mir.

Spüren Sie den kühlen Stein unter Ihren Sohlen? Haben Sie die Pfeiler des Treppengeländers angesehen? Dryaden, Faune, Tritonen, Meerjungfrauen, deren blasse Marmorgesichter vor Vergnügen zu leuchten scheinen. Und die Decke: Wer wohl diesen Sternenbaldachin gemalt haben mag? Vorsicht, man kann leicht das Gleichgewicht verlieren! Hier, nehmen Sie meine Hand. Wir sind schon fast oben. Wie klein die Stühle und Tische von hier doch aussehen!

Jetzt müssen wir nach links, über den blauroten persischen Läufer im Korridor. Wie weich er sich an den Fußsohlen anfühlt! Da, zu unserer Rechten hängt ein Leonardo da Vinci. Und hier ist das königliche Schlafgemach. Der König und die Königin schlummern schon. Ihre Kerzen brennen nicht mehr. Sie haben die Vorhänge um ihr Bett zugezogen. Aber gehen wir weiter. Vorbei an der Bibliothek im ersten Stock. Vorbei am Landkartenzimmer. Vorbei am Musiksalon. Ah, da ist es. Das Schlafzimmer der Prinzessin. Ja, wir können einfach hineingehen. Wir müssen die Tür nicht öffnen.

KAPITEL XXVII

DAS PROBLEM

„Aber warum denn nicht?“, fragte der Frosch. Er saß am Fußende des Bettes auf der Zierdecke für den Tag. Die Prinzessin lag in ihrem Nachtgewand aus cremefarbenem Satin quer über dem Bett, mit angewinkelten Ellbogen, das Kinn in die Handflächen gestützt. Es war ein großes Himmelbett aus Ebenholz, behängt mit golddurchwirkter Seide und rotem Samt. Auf die Bettwäsche aus belgischem Leinen waren rundum an den Rändern Girlanden aus winzigen roten Rosen gestickt. Rötlich violette Seide mit einem Muster aus verschlungenen Schlüsseln und Schlangen in Silber und Rosa bedeckte die Wände. Über einem Kirschholzsekretär mit goldenen Beschlägen hing das Porträt der Prinzessin von Caravaggio in Lebensgröße, das zur gleichen Zeit in Auftrag gegeben worden war wie die Miniatur, die – noch immer trocken – in der goldenen Kugel versteckt war.

„Du kennst den Grund“, sagte die Prinzessin.

„Ich will ihn aber aus deinem Mund hören.“

„Also gut. Noch einmal. Du kannst meinetwegen am Fußende des Bettes schlafen. Aber du kannst nicht neben mir schlafen. Ich werde nicht körperlich intim mit dir sein. Ich mag dich nicht einmal anfassen.“

„Das weiß ich nur allzu gut“, seufzte der Frosch. „Aber trotzdem liebe ich dich. Weißt du auch das?“

„Ich weiß es. Das heißt, ich glaube, es zu wissen.“

„Und ich freue mich, deine Freundin sein zu dürfen. Aber hast du denn nicht alles, was du haben wolltest? Eigentlich müsstest du jetzt sehr glücklich sein.“

„Ich bin glücklich.“

„Für jemanden, der glücklich ist, siehst du aber ziemlich bedrückt drein.“

„Da hast du Recht. Ich bin glücklich, aber gleichzeitig fühle ich mich elend.“

„Warum denn?“

„Ich dachte, wenn wir erst einmal unsere Vereinbarung wahr machen, würde ich alles haben, was ich will. Und jetzt entdecke ich, dass es mir nicht reicht.“

„Es reicht dir nicht?“

„Nein. Ich sehne mich danach, dir noch näher zu sein, neben dir zu liegen, in dir zu liegen. Diese Sehnsucht ist so stark, dass ich gar nicht weiß, wie ich sie aushalten soll.“

„Oh, oh. Dann ist es wirklich ernst.“

„Und ich fühle mich so unendlich hässlich. Jedes Mal wenn du zusammenzuckst oder vor mir zurückweichst, schmerzt es mich körperlich. Ich weiß, dass du nichts dafür kannst, aber es schmerzt eben.“

„So etwas hatte ich befürchtet“, sagte die Prinzessin.

„Ja, wirklich?“

„Ja. Ich liebe dich, und ich weiß, dass wir die allerbesten Freunde sein werden. Aber auch mir fehlt irgendetwas. Es wird ziemlich schwierig werden, so weiterzumachen. Es genügt uns nämlich beiden nicht.“

„Was schlägst du also vor?“

Die Prinzessin warf dem Frosch einen ihrer durchbohrenden Blicke zu, der diesmal allerdings eher die Dimension eines Taschenmessers als eines Schwertes hatte. Aber sie beherrschte sich sofort wieder, und ihr Blick wurde weicher.

„Hmh“, sagte der Frosch.

„Mit Küssen hab ich es schon versucht. Wir wissen, dass das nicht funktioniert.“

Der Frosch schwieg. Er fühlte, wie in seiner Schallblase etwas zu vibrieren begann. Es war keine Luft, es war Ärger.

„Du willst immer, dass ich jemand anders bin“, platzte es aus ihm heraus. „Das ist nicht fair! Ich kann es nicht ändern, dass du meinen Körper abstoßend findest. Wenn ich ihn in etwas Schönes verwandeln könnte, würde ich das tun. Und wie kannst du behaupten, dass du mich liebst? Was für eine Liebe soll das sein, wenn das Ich, das du liebst, in Wirklichkeit jemand anders ist? Ich bin *kein* Prinz. Warum kannst du mich nicht einfach so lieben, wie ich bin?“

Die Prinzessin schwieg einen Moment lang. Dann antwortete sie mit großer Zärtlichkeit in der Stimme: „Ich liebe dich für das, was du bist. Ich *bewundere* dich sogar für das, was du bist.“

„Aber dein Körper liebt mich trotzdem nicht.“

„Das ist wahr. Mein Körper liebt dich nicht. Dafür kann ich nichts. Das liegt nicht in meiner Macht.“

„Aber was macht das mit uns? Ich fühle mich elend, und du bist unbefriedigt.“

„Sicher, wir sind in einer verzwickten Lage. Und ich will damit nicht so umgehen, wie es die meisten meiner Verwandten tun, all die Könige und Königinnen Europas.“

„Wie gehen sie denn damit um?“

„Tja“, meinte die Prinzessin, „sie gehen aus politischen Verpflichtungen reine Verstandesehen ein. Und dann nehmen sie sich Geliebte. Ein trauriges Geschäft. Wie sollen sie jemals lernen, was Liebe in Wahrheit bedeutet?“

„Für mich wäre das nichts“, meinte der Frosch. „Du bist das einzige weibliche Wesen, mit dem ich mich vermählen könnte. Froschweibchen haben mich nie interessiert.“

„Aber dann *musst* du einfach du selbst werden. Es ist der einzige Weg.“

„Aber wie? Was muss ich tun? Wenn du sagst, ich sei ein Prinz, habe ich nicht die leiseste Ahnung, wovon du eigentlich sprichst.“

Die Prinzessin zog hörbar den Atem ein. Es musste doch irgendeinen Weg geben, dem Frosch zu zeigen, was sie in ihm sah.

„Lass uns etwas versuchen“, sagte sie.

„Was denn?“

„Vertrau mir einfach!“ Sie streckte die Arme und senkte ihren Kopf, bis ihr Gesicht ungefähr fünfzehn Zentimeter vom Gesicht des Froschs entfernt auf derselben Höhe war. „Schau mir in die Augen!“, sagte sie.

Der Frosch konzentrierte sich, bis er nichts anderes auf der Welt mehr wahrnahm als die Augen der Prinzessin. Er sah darin sein eigenes winziges Spiegelbild zweimal.

Die Zeit existierte nicht mehr.

Er hörte nicht auf zu schauen.

KAPITEL XXVIII

DER KUSS (2)

„Irgendetwas ist geschehen“, sagte die Prinzessin. Sie saß jetzt mitten auf dem Bett. „Was hast du gesehen?“

„Ich kann es nicht beschreiben“, erwiderte der Frosch. „Aber es ist tatsächlich irgendetwas passiert.“

„Erzähl schon! Was war es?“

„Also, zuerst hatte ich das Gefühl, deine Augen würden mich völlig in sich aufnehmen. Dein Blick war wie ein Teich voll klarem Wasser, und ich sog es durch all meine Poren in mich ein. War das dein Blick oder deine Liebe? Es schien mir ein und dasselbe zu sein. Beides – es – war einfach großartig. Und dann, nur für einen Augenblick, regte sich etwas in mir, so als würde ich aus langem Schlaf erwachen.“

„Was? Erzähl weiter! Was war das?“

„Ich kann es nicht sagen. Eine Art Weite. Irgendein Teil von mir, ein Teil, der größer als das Ganze ist und schöner, als man es mit Worten beschreiben kann. Und dann nahm ich etwas anderes wahr, etwas anderes als Liebe, das mir aus deinen Augen entgegenkam?"

„Was denn?"

Der Frosch wurde rot, grünlich rot: „Es war Verlangen."

Jetzt wurde die Prinzessin rot.

„Und da habe ich verstanden", sagte der Frosch. „Oder wenigstens glaube ich, verstanden zu haben."

„Du hast verstanden? Du verstehst?"

„Ich sah, wovon du immer gesprochen hast. Zumindest denke ich, ich habe es gesehen. Ich *bin* ein Prinz, vielleicht. Ich könnte jedenfalls gut ein Prinz sein. Du könntest sehr gut Recht haben."

„Natürlich habe ich Recht!", rief die Prinzessin aus. „Das sage ich dir ja schon die ganze Zeit! Wenigstens glaubst du mir jetzt!"

„Ich *denke*, dass ich dir glaube. Es war ja nur ein flüchtiger Blick, weißt du? Es ist alles sehr verwirrend."

„Aber wenigstens sträubst du dich nicht mehr dagegen."

„Aber wir sind immer noch in der gleichen verzwickten Lage“, meinte der Frosch. „Und es bleibt die Frage, was wir tun sollen.“

„Ich habe eine Idee. Schließ deine Augen!“

Die Prinzessin beugte sich nach vorn, stützte sich auf ihren Ellbogen und senkte den Kopf, bis sie dem Frosch ins Gesicht sehen konnte. Dann küsste sie ihn ganz vorsichtig und mit einem Schaudern auf seine kalten Lippen.

Der Frosch wartete noch ein paar Augenblicke, ehe er seine Augen wieder öffnete. „Und, nichts?“, fragte er.

„Nichts“, antwortete die Prinzessin.

„Das tut mir schrecklich Leid“, meinte er. „Es war sicherlich nicht sehr angenehm für dich.“

„Oh, so schlimm war es auch nicht. Es hat mir nichts ausgemacht.“

„Nun, das rührt mich zutiefst.“

Die Prinzessin nickte.

„Und was nun?“, wollte der Frosch wissen.

„Ich weiß nicht“, sagte die Prinzessin. „Ich weiß es wirklich nicht.“

KAPITEL XXIX

AM RAND

Die Prinzessin sitzt am Rand ihres Bettes. Sie weiß, dass irgendetwas Drastisches passieren muss. Eine Verwandlung, eine grundlegende Verwandlung muss geschehen. Aber wie? Alle Muster aufbrechen. Alle Formen sprengen. Die ganze Welt verwerfen und auf der anderen Seite all dessen ankommen, was wir kennen.

Aber wie?

Wie nur?

KAPITEL XXX

IMMER NOCH AM RAND

Die Prinzessin sitzt am Rand ihres Bettes. Der Frosch sitzt neben ihr. Beide starren auf den Boden. Sie haben keine Ahnung, was sie als Nächstes tun sollen. Sie warten darauf, dass irgendetwas passiert.

Die beiden sind fast am Ende ihrer Geschichte angelangt, und doch ist dieses Ende nirgendwo in Sicht. Es scheint unerreichbar zu sein.

Der Frosch wirkt im Moment wie leblos – was natürlich auch nicht weiterhilft. Seine Augen blicken verschleiert. Seine Nasenlöcher sind geschlossen. Er ist in Hoffnungslosigkeit versunken, als wäre sie ein dunkler Teich im Winter, aus dem er niemals wieder auftauchen wird.

Die Prinzessin ist genauso verzweifelt wie er. Sie hat alle denkbaren Lösungen durchgespielt. Ihr Geist verweigert jede weitere Anstrengung. Im Herzen fühlt sie eine unendliche Mattigkeit. Ein Happyend scheint so nahe und gleichzeitig so unendlich fern. Sie sieht den Frosch tiefer und tiefer sinken. Sie hat nichts, was sie ihm noch geben könnte. Es gibt nichts, was sie noch tun könnte. Der Rest liegt nicht mehr in ihrer Hand. Aber noch kann sie nicht aufgeben. Zu viel steht auf dem Spiel.

Sie hebt den Kopf und starrt ins Leere. Sie ist verzweifelt, die Frustration macht sie rasend. Sie weiß, dass nirgendwo ein Urheber für ihr Dilemma zu finden ist, jedenfalls nicht außerhalb ihrer selbst. Und genauso weiß sie, dass es eine Antwort geben muss, die irgendwo auf sie wartet, unerreichbar.

Wie kann sie dorthin gelangen? Wie in aller Welt kann sie nur dorthin gelangen?

Hast du die Geduld abzuwarten, bis der Schlamm sich gesetzt hat und das Wasser klar ist? / Kannst du bewegungslos bleiben, / bis das richtige Handeln sich von selbst ergibt?

Ach, sei doch still!

KAPITEL XXXI

BEWEGUNG

Ja. Sie kann es fühlen. Da ist Bewegung. Kaum wahrnehmbar regt sich etwas, tief unten im Dunkel ihrer Seele. Noch weiß sie nicht, was es ist. Aber irgendetwas geschieht.

KAPITEL XXXII

KEIN MITLEID, SONDERN MITGEFÜHL

Die Leute verwechseln Mitgefühl oft mit Mitleid. Mitgefühl ist eine Art der Liebe. Mitleid ist eine Art der Verachtung.

Mitgefühl sieht uns, so wie wir wirklich sind, jenseits aller Entschuldigungen, jenseits jeder Rechtfertigung, jenseits alles Persönlichen.

Mitgefühl ist ohne Mitleid.

KAPITEL XXXIII

DIE LÖSUNG

„Ich hab's!“, rief die Prinzessin und setzte sich kerzengerade auf. „Ich hab die Lösung!“ Ihr Gesichtsausdruck war außerordentlich resolut.

„Wirklich?“, fragte der Frosch. „Das ist ja wunderbar. Sag es mir!“

„Ich kann es gar nicht glauben!“, rief die Prinzessin aus. „Wo es doch auf der Hand liegt! Hör zu: Was du tun musst, ist: mir restlos vertrauen. Was *ich* tun muss, ist: dich hochheben und an die Wand werfen.“

Der Frosch musste schwer schlucken.

„Es ist der einzige Weg“, sagte die Prinzessin. In ihrer Stimme lag nicht der geringste Zweifel.

„Aber ist das nicht eine ziemlich ... gewaltsame Methode?“, wandte der Frosch ein.

„Es *ist* gewaltsam. Aber es wird funktionieren. Ich

weiß, dass es funktionieren wird. Und es gibt keinen anderen Weg."

„Warum lässt du mich nicht einfach eine Weile mit dir leben? Vielleicht werde ich deine Vision ja nach und nach verinnerlichen und kann mich selbst befreien. Und wenn das nicht funktioniert, können wir ja noch immer eine gewaltsamere Methode ausprobieren."

„Nein, das glaube ich nicht. Wie hoch ist überhaupt die Lebenserwartung von Fröschen? Ein halbes Jahr? Ein Jahr?"

„Ich weiß nicht."

„Nun, viel höher kann sie nicht sein. Wenn wir eine langsamere Methode ausprobieren, wirst du tot sein, ehe wir uns versehen. Selbst wenn es funktionieren würde, kann es gut sein, dass du dann schon ein alter Frosch bist und dich in einen alten Mann verwandelst. Was würde mir das nützen?"

„Hm", meinte der Frosch nur.

„Und außerdem", fügte die Prinzessin hinzu, „muss man das Eisen schmieden, solange es heiß ist."

„Verzeih, liebe Prinzessin, aber *du* kannst das natürlich leicht sagen. Schließlich bist du ja für das Schmieden zuständig."

„Ich gebe zu, da hast du Recht."

„Und wenn deine Methode nicht funktioniert, werde ich dabei draufgehen, oder? Es klingt so, als ob du mich ziemlich fest werfen wolltest."

„Mit all meiner Kraft."

„Dann werde ich auf keinen Fall überleben. Es wird nur ein roter Fleck an der Wand von mir übrig bleiben, und ein Haufen gebrochener Knochen."

„Ja, wenn die Methode versagt. Wenn sie funktioniert, wirst du natürlich ein Prinz sein. *Mein* Prinz."

„Aber auch das werde ich nicht überleben."

„Richtig. Du wirst nicht mehr du selbst sein – das heißt, du wirst nicht mehr der sein, für den du dich *hältst*. Aber wie auch immer, du musst bereit sein zu sterben."

„Sieht ganz danach aus", sagte der Frosch. Er schloss die Augen, dann öffnete er sie wieder. „Ich habe Angst."

„Du brauchst keine Angst zu haben, lieber Frosch", sagte die Prinzessin aufmunternd. „Ich weiß, dass es funktionieren wird."

„Und wenn es nicht funktioniert?"

„Selbst wenn es nicht funktioniert, tauschst du ein halbes Jahr als Frosch gegen die Möglichkeit ein, fünfzig

Jahre lang mein geliebter Prinz und Ehemann zu sein. Das Risiko lohnt sich also. Ich hoffe, du wirst es eingehen."

„Ja." Der Frosch atmete auf. „Das ist es, was ich mir mehr als alles auf der Welt wünsche. Dafür nehme ich gerne den Tod auf mich. Ich würde mehr als ein Leben riskieren, wenn ich dafür nur deine Liebe gewinnen könnte."

„Vertrau mir! Ich hatte doch auch Recht, dass du ein Prinz bist, oder?"

„Ja. Ich glaube schon."

„Nun. Ich habe auch jetzt Recht."

„Ich habe Angst, aber ich vertraue dir trotzdem."

„Genug, um es geschehen zu lassen."

„Ja. Ich werde es geschehen lassen. Du glaubst doch, dass es nur zu unserem Besten ist, oder?"

„Ich weiß, dass es nur zu unserem Besten ist."

„Dann bin ich einverstanden", sagte der Frosch. „Ich habe mich entschieden. Du kannst mich aufheben."

„Gut", antwortete die Prinzessin. „Ich bin sehr glücklich darüber."

„Dann ... dann ist das wohl das letzte Mal, dass wir uns sehen, du und ich."

„Ja."

„Können wir noch einen letzten Augenblick miteinander verbringen?“

„Ja, natürlich.“

Ganz sanft hob die Prinzessin den Frosch mit der rechten Hand hoch. Sie schauten sich in die Augen.

„Auf Wiedersehen!“, sagte der Frosch. „Ich liebe dich.“

„Und ich liebe dich“, sagte die Prinzessin. „Deswegen tue ich das ja. Hast du noch Angst?“

„Ja.“

„Ich habe auch ein bisschen Angst.“

„Aha.“

Ein paar Augenblicke verstrichen.

„Bist du bereit?“

„Ja.“

Langsam ging die Prinzessin auf den Sekretär mit den goldenen Beschlägen zu, bis sie nur noch etwa einen Meter davon entfernt war. Zur Linken ihres Porträts war ein Stück freie Wand. Sie stellte den linken Fuß nach vorne, hielt den Atem an, verlagerte ihr Gewicht zum Ausholen auf den rechten Fuß und warf. Der Frosch schoss aus ihrer Hand: ein grünlicher Farbklecks, der auf einen violetten Hintergrund zuraste.

KAPITEL XXXIV

DER ANBLICK AUS DER LUFT

Plötzlich wird die schmiegsame Wärme ihrer Hand abgelöst durch einen Schauder von Angst. Nur Zentimeter entfernt, kann er noch ganz genau sehen, wie schön die Finger der Prinzessin sind: weiß und lang, die Nägel in dunklem Kadmiumrot lackiert. Aber je länger er hinsieht, desto kleiner wird ihre Hand. Er fühlt, wie er durch die Luft zischt und sie ihm um die Ohren pfeift. „Ganz ruhig“, sagt er sich, „lass es einfach geschehen.“ Aber selbst als seine Muskeln sich entspannen, kann er sein Herz noch laut pochen hören vor Angst. Er sieht jetzt nicht nur die Hand der Prinzessin, sondern ihre ganze Gestalt, bloße Arme und cremeweißen Satin, ferner und immer ferner. Er ist dankbar: Sie hat ihn so geworfen, dass seine Augen ihr zugewandt sind. Er hat keine Ahnung, wie weit es noch bis zur Wand ist, wie schnell sie sich nähert. Gut so: Er will sich ja gar nicht rüsten für den Aufprall. Er will all diese Gefühle in den hinteren Regionen seines Bewusstseins belassen – die Angst, die Geschwindigkeit, den Schmerz, der seinen Körper durchfahren wird, jeden Gedanken an eine mögliche Verwandlung. Er spürt jetzt, wie ihn die Prinzessin gebannt ansieht, aus weiter Ferne, mit herabhängenden Armen, den Kopf nur ein ganz klein wenig geneigt. Er möchte in Gedanken nur bei ihr sein. Daran denken, wie flammend schön sie ist. Und daran, wie sehr er sie liebt.

KAPITEL XXXV

ENDE (1)

Und so kommen wir also zum Ende unserer Geschichte. Was ab hier geschah, wissen wir aus der Märchenfassung. Die Einzelheiten können leicht ergänzt werden: Beim Aufprall auf die Wand wurde der Frosch in den attraktivsten, intelligentesten, höflichsten und geistreichsten aller französischen Prinzen mit den wohlgeformtesten Beinen der Welt verwandelt. Gekleidet in einen schlichten und doch eleganten schwarzen Samtanzug, landete er mit der Sicherheit eines Weltklasseturners auf beiden Füßen. So hatte die Prinzessin also von Anfang an Recht gehabt, wie auch der Frosch – Verzeihung: der Prinz – jetzt bekannte, mit einer Dankbarkeit, die aus seinen „schönen freundlichen Augen“ sprach. Nach einem ersten sprachlosen Augenblick nahm er sie schwungvoll auf seine Arme und trug sie zum Bett, wo sie den Rest der Nacht (abgesehen von halbstündigen Kuss-Intermezzi) damit verbrachten, über ihre Vergangenheit, ihre Zukunft und ihre wundersame und süße Gegenwart zu reden. Ehe sie sich versahen, dämmerte der Morgen. Hand in Hand schritten sie die große Marmortreppe hinunter und nahmen nach einem feierlichen Frühstück mit dem König und der Königin herzlich Abschied von den beiden, von allen Ministern, Höflingen, Dienern und dem Narren, der zum Abschied noch einen Witz über Froschzungen machte, der zwar lustig, aber doch von zweifelhaftem Geschmack war. Dann ritten sie gemeinsam fort, in den Wald und in ihr neues Leben.

KAPITEL XXXVI

ÜBER VERWANDLUNGEN

Die meisten Wissenschaftler – wie überhaupt die meisten Erwachsenen – glauben nicht an Happyends. Sie meinen, es gäbe eine allgemeine Tendenz zur Unordnung und zu anhaltenden Fehlschlägen, die wie alle Energie weder jemals geschaffen noch zerstört wird, sondern nur ihre Gestalt ändert. Das Ende der Geschichte des Menschen, so glauben sie, seien nur leblose Leiber oder ein lebloser Planet, der durch ein unbeseeltes Weltall rast.

Aber die Wechselhaftigkeit der Seele bedingt, dass jede Regel ihre Ausnahme hat, jedes Ende auch ein neuer Anfang ist und alles zu jeder Zeit möglich. Die großen Verwandlungen, die Vereinigungen am Ende dieser Welt, die ehrfurchtsvolle Enthüllung unserer wahren Identität, all dies ist stets von Freude umgeben, und befreit langt die Stimme des Erzählers bei seinen Schlussworten an, so wie die Mitglieder eines Orchesters die Schlussnoten spielen, ihre Instrumente sinken lassen und im Schweigen, das die Musik umgibt, abwarten.

Übrig bleibt die Frage nach dem Sinn. Ein Frosch wird zum Prinzen. Ein verlorener Sohn wird gefunden. Eine seit langem verstorbene Königin steigt blühend vor Leben von ihrem Sockel herunter. Ist das nur Wunschdenken? So, wie wenn man im Dunkeln pfeift? Und wenn nicht, wenn solche Verwandlungen Bilder dafür sind, was uns und in uns tatsächlich geschehen kann, was bringen sie mit sich? Wie sehen sie aus, und wie fühlen sie sich an?

Wissenschaftler haben unlängst eine Anzahl von Exfröschen befragt, die nun gut aussehende und glücklich verheiratete Prinzen sind (gezwungenermaßen war die Zahl relativ gering, da, wie auch die Philosophen sagen, alle hervorragenden Dinge genauso schwierig wie selten sind). Diese Exfrösche waren in ihren Aussagen alle völlig einer Meinung. Für eine vollständige Verwandlung, sagten sie, sind drei Dinge nötig: ein Zustand anhaltenden Nichtwissens, die Bereitschaft, an eine Wand geworfen zu werden, und, stets und immer, die Liebe einer Frau mit Visionen. Und als Viertes natürlich: Geduld. Ja, eine unendliche Geduld, da der Zeitraum zwischen dem Geworfenwerden und dem tatsächlichen Aufprall manchmal gut und gerne zehn Jahre oder mehr betragen kann.

Alle waren sie bescheidene Männer, die ihre Schönheit nicht als selbstverständlich hinnahmen. Sie sei ein Geschenk, sagten sie, ein Geschenk eines Universums, das Freude daran hat, die Vision einer Liebenden zu erfüllen. Und alle ohne Ausnahme sprachen von der eigentlichen Verwandlung mit Ehrfurcht. Einer verglich sich gar mit Adam, der aus seinem Traum erwachte und sah, dass dieser Wirklichkeit geworden war.

Aus ihrer gegenwärtigen Perspektive auf ihr früheres Ich zurückzublicken war für alle eine ergreifende Erfahrung. Jeder konnte das, was er einmal gewesen war, wertschätzen und empfand Dankbarkeit für seine fröschische Liebe und Beharrlichkeit. Aber da ihnen die Kontinuität fehlte, die die meisten von uns empfinden, wenn wir an das Kind denken, das wir einmal waren, konnten sie alle ihr damaliges Selbst kaum mehr erkennen. Ein umwälzendes Ereignis hatte sie von diesem früheren Selbst getrennt; so waren sie dieses Selbst und waren es doch zugleich nicht. Sie waren sozusagen wiedergeboren worden in einem höheren Daseinszustand, der einer bis zur Unkenntlichkeit bereicherten Schlussvariation eines schlichten Grundmotivs glich.

Manchmal, so erzählte einer der Prinzen, wenn er an einem Sommerabend mit der, die er liebt, ein Landsträßchen entlanggeht und der uralte Chor der Frösche um sie herum ertönt, übermannt ihn auf einmal ein Gefühl zwischen Lachen und Weinen. Dann muss er stehen bleiben und sich der geliebten Frau zuwenden, um sich in ihren Augen wiederzufinden.

KAPITEL XXXVII

ENDE (2)

Die Geschichte von Prinzessin und Frosch endet mit dem Augenblick des Aufpralls. Was danach passiert, geht nur die Prinzessin und den Prinzen etwas an. Ich gebe zu, dass es interessant wäre, ihnen zu folgen, wie sie so vom Schloss fort in ihr neues Leben reiten. Schließlich neigt sich das 16. Jahrhundert seinem Ende zu. In weniger als einem Jahrzehnt wird sich auch das letzte der Unerklärlichen Phänomene ereignet haben. Und in einer Ehe, die im Laufe der nächsten fünfzig Jahre immer mehr reift, immer inniger wird, werden beide einen Weg finden müssen, das Wunderbare immer wieder neu zu definieren. Beide werden sich wieder und wieder klar machen müssen, dass *Und von da an lebten sie glücklich miteinander* nicht mit *Es war einmal* beginnt, sondern mit *Jetzt*.

Aber das ist wieder eine andere Geschichte.